Hans H. Hiebel

NANU

Die dritte längere Geschichte

edition keiper

www.editionkeiper.at

1. Auflage Oktober 2015
literatur nr. 55
Covergestaltung, Layout und Satz: textzentrum graz
Covermotiv: Acryl-Bild von Hans H. Hiebel
Lektorat: Sigrid Weiß-Lutz
Druck: Bookpress.eu
ISBN 978-3-902901-81-1

Das Land Steiermark
→ Kultur, Europa, Außenbeziehungen

GRAZ KULTUR

Hans H. Hiebel

NANU

Die dritte längere Geschichte

»Und wir hörten Faune den Proteus schelten
im Heuduft unterm Olivenhain,
Und Frösche gegen die Faune ansingen
im Zwielicht.
Und …«

(Ezra Pound, Canto II)

Eine Reise in die Schweiz

Es passierte in Brigittes und Oswins Wohnung in der Morawitzkystraße 3 in München. Es war die Wohnung mit dem Balkon, von dem sich Jahre später Oswin hinunterstürzen und elendiglich sterben sollte. Wir zwei, sie und ich, durften einen Tag in Brigittes Zimmer zubringen. Es war ein schöner Frühlingstag, aber recht windig und frisch. Blätter vom letzten Herbst und Zeitungen raschelten und kratzten die Straßen entlang. Die Gehsteige waren leer, es war ein Sonntag. Später, allein in der Straßenbahn auf dem Weg zurück zum Bahnhof, war ich wie benommen von dem, was geschehen war. Wie war es dazu gekommen?

Die vierzehnjährige Uschi, die damals noch zuweilen Ursel genannt wurde, war mir ja fast wie eine Schwester gewesen, obgleich es in Bayersried, in der Lehrerwohnung ihres Bruders Helmut Kneitinger und seiner Frau Brigitte, in einem kalten Winter zu Küssen auf dem Sofa neben dem warmen Kachelofen gekommen war. Uschi war ein Mädchen mit hübschem Gesichtchen, schwarzem kurzem Haar und grauen Augen; sie war zart und liebevoll.

Dann, ein paar Jahre später, stellte sich heraus, dass Uschi ein Verhältnis mit dem Fabrikantensohn Glass aus Füssen-West gehabt hatte – und das Unvermeidliche geschehen war. Uschi durfte im schicken Sportwagen, einem dunkelgrünen MG, mitfahren. Jedenfalls war sie mir nach dieser Episode plötzlich als Frau erschienen, nicht mehr als Mädchen, nicht mehr als Schwester. Und dann kamen wir also in Brigittes Zimmer zusammen.

Bald druckten wir Verlobungskarten für unsere Freunde, das heißt selbst gemachte Linolschnitte; sie stammten von Werner Lichtenberg, der auf der Münchner Kunstakademie Malerei studierte. Und gerade jetzt kam ein Brief aus Füssen – Sylvia suchte wieder den Kontakt zu mir. Aber ich hatte sie, so schien mir, endgültig aufgegeben, erbost, enttäuscht, trotzig; ich wies sie in einer Art Flucht nach vorn abrupt zurück. Ich hatte nun den Hafen gefunden, in dem ich mich beheimatet fühlte, obwohl es doch nur die zweite Heimat war; die erste lag weit zurück und weit weg, hinter dem Eisernen Vorhang, der Europa noch bis 1989 in zwei Teile schneiden würde.

Uschi und ich verbrachten fast den ganzen Tag miteinander, wenn wir zusammen waren, zum Beispiel bei ihren Eltern in Lechbruck bei Füssen, am grünen, breit dahinströmenden Lech gelegen. Uschis und Helmuts Vater wusste Forelle blau mit Weißwein vorzüglich zuzubereiten, und er spielte Orgel in der Kirche, hatte das absolute Gehör. Für mich etwas Erstaunliches, eine Welt, die mir verschlossen blieb. Immer war Ludwig Kneitinger zu Späßen und Witzen bereit (vermutlich seine Art, die Schrecknisse des Krieges zu bewältigen). Die strenge und oftmals von Toten und Sterbenden sprechende Mutter (die ihrerseits traumatische Erlebnisse zu verarbeiten genötigt war) hatte rabenschwarzes Haar, das am Hinterkopf straff zu einem Knoten gebunden war. Uschi – mit ihrer liebevollen Zartheit – hatte die Strenge der Mutter nicht geerbt. Immer klebten unsere Körper aneinander, sodass Uschis Eltern allmählich skeptische Vorbehalte äußerten: Das sei zu viel des Guten, das könne nur schiefgehen …

In diesen Monaten im Frühjahr 1965 (mein unehelicher Sohn Stephan war im Oktober des vorangegangenen Jahres geboren worden), Uschi war neunzehn, ich vierundzwanzig, bewarb ich mich für ein Stipendium in England. Ich hatte mir ja, angespornt durch Hans Magnus Enzensbergers, meines Meisters, Studium in Freiburg und Paris sowie durch Henry Millers Reisen nach Frankreich und durch Griechenland, geschworen, einige Zeit in Frankreich und in England zu studieren. Der Frankreich-Plan war in den Hintergrund gerückt, weil ich das Romanistik-Studium aus Mangel an Vorkenntnissen, wie sie die meisten anderen Romanistik-Studenten vorweisen konnten, aufgegeben hatte und nun stattdessen Germanistik studierte. Aber England musste sein. Beim British Council gab es die Möglichkeit, ein Stipendium der »King Edward VII Foundation« zu erhalten. Ich hatte Glück, obwohl ich beim Bewerbungsgespräch nicht wusste, dass in Fürth die Firma Grundig ihren Sitz hatte. Eine der Fragen, die man mir stellte, lautete nämlich: Was wird in Fürth von welcher Firma produziert? Auch nach dem Hinweis auf »Tonbänder« konnte ich, der ich der Technik und den Naturwissenschaften den Krieg erklärt hatte und mich ganz den Künsten und Geisteswissenschaften zuwenden wollte, die Frage nach der produzierenden Firma nicht beantworten. Trotzdem erhielt ich das Stipendium für drei Trimester, vom Oktober 1965 bis zum Juli 1966. Eine völlig neue Welt sollte sich mir erschließen. Es macht mich unglücklich, dass ich die Fülle der sowohl märchenhaften als auch Depressionen auslösenden Erfahrungen in England nicht werde festhalten können. Der Proustsche Optimismus verlässt mich …

Ich sollte in Brighton wohnen und an der University of Sussex studieren.

Ich meldete mich beim Innenministerium ab, für das ich einige Berichte über das »Studentenleben« geschrieben hatte. Ich versuchte, Uschis Eltern dazu zu überreden, ihre Tochter mit mir nach Brighton ziehen zu lassen. Sie blieben hart. Ich sei ein Luftikus, so dachten sie wohl, und ihre Tochter solle lieber erst beruflich Fuß fassen. Uschi arbeitete als Arzthelferin beim Internisten Dr. Metz am Schrannenplatz in Füssen. Sie musste also zuhause bleiben, obwohl doch unsere Körper aneinanderklebten und weiterhin aneinanderkleben wollten. Dieses Aneinanderkleben trug indes jedoch bereits Früchte. Helmut und Brigitte boten an, Eltern zu spielen, bis ich mein Studium beendet haben würde. Aber meine Panik, keinen Hausstand, kein Einkommen zu haben, noch nicht wirklich Elternverantwortung übernehmen zu können, den Plan, nach England zu gehen, vielleicht aufgeben zu sollen, und vieles mehr stürzte mich in Entscheidungsnöte. Schließlich suchten wir nach einer anderen ›Lösung‹. Hawlik, ein Klassenkamerad meines Vaters aus Reichenberg, vermittelte uns eine Adresse in Zürich, wo er sich ab und zu im Auftrag der Stickstoffwerke Linz aufhielt (aus welchem Grund kannte er die Adresse?) Mit Ilse war eine solche ›Lösung‹ ein Jahr zuvor nicht realisierbar gewesen, und so war dann Stephan geboren worden.

Vielleicht ahnten Uschis Eltern etwas, aber die Reise wurde geheim gehalten. Der Gynäkologe in Zürich verlangte indes ein Gutachten von einem Psychologen. Unser Aufenthalt musste deshalb verlängert werden. Der Psychologe war ein eiskalter Typ, der gut nach Auschwitz gepasst hätte. Er trug eine schwarze Hornbrille mit dicken Gläsern – wie die Psychologen im Kino – und hatte riesige Augen, die uns starr anblickten. Diese extreme Starrheit erweckte den Eindruck eines sozial völlig gestörten und abnormalen Menschen, eines Psychopathen geradezu. Wir fingierten Namen und Alter, ein Ausweis war nicht nötig – und erhielten die vom Gynäkologen erwünschte Bestätigung. Das schien alles ein abgekartetes Spiel zwischen dem Bestätigungslieferanten und dem Gynäkologen zu sein. Am liebsten wären wir geflohen, aber der Druck, dem wir uns ausgesetzt fühlten, war zu stark. Uschi wurde gefragt, ob sie den einige Wochen alten Embryo sehen wolle. Das muss ein Schlag in die Magengrube gewesen sein. In meiner Panik und Aufregung konnte ich die Tragweite unserer Tat nicht ermessen und auch nicht die Folgen erahnen.

Kurz nach der Zürich-Reise erfolgte meine Abreise nach Brighton. Die geplante Hochzeit sollte nach dem Jahr der »Prüfung«, so Vater und Beinahe-Großvater Kneitinger, stattfinden.

Falmer Station

Mrs. Deason holte mich am Bahnhof ab und brachte mich und meinen Koffer in die Friar Road Nr. 6, wo mich Mr. Deason im Rollstuhl empfing. Er war Mitglied der Labour Party und vor einiger Zeit Bürgermeister von Brighton gewesen – der British Council hatte alles vorbildlich organisiert; man hatte wohl meine politische Einstellung mitbekommen und mich dementsprechend untergebracht. Die gesamte Universität war links und progressiv, die Vorboten der Studentenbewegung – im Gegensatz zu den Zeichen der Zeit in Erlangen – waren hier spürbar; aber ich wusste noch nicht, was kommen würde, was in der Bundesrepublik Deutschland noch bevorstand. Der SDS, der Sozialistische Deutsche Studentenbund Erlangen, war noch nicht gegründet worden.

Mrs. Deason war bei meiner Ankunft noch zweiarmig Auto gefahren, später erlitt sie einen Schlaganfall, der ihren linken Arm lähmte. Sie bekam danach einen Knubbel auf das Lenkrad fixiert und konnte lässig mit der rechten Hand kurbeln. (Viel später sollte ich noch einmal bei Deasons unterkommen, im Jahr 1985, als ich an der University of Sussex unterrichtete.)

Der erste Besuch auf dem Campus warf meine Erwartungen völlig über den Haufen. Von Brighton aus fuhr man mit dem Zug zu den »Downs«, den weit geschwungenen Hügeln im Osten der Stadt, stieg in Falmer Station aus und wanderte durch eine Unterführung auf den Campus zu. Die erste Station war das Falmer House; dort waren die Pigeon Holes, die Briefkästen für die Studenten – und die

Mensa, in der es an einigen Wochenenden Musik und Tanz gab. Hinter dem Falmer House lagen die anderen Universitätsgebäude: eine geschmackvolle Architektur, ein schönes Gesamtbild, eine Art Amphitheater, das sich inmitten der Wiesen links und rechts die Hügel hinauf erstreckte. Zunächst kam linker Hand ein Rundbau, das Theater, in dem Musikveranstaltungen und Theateraufführungen stattfanden. Dort sah ich Archie Shepp (mit seinem Saxofon) das erste Mal und eine Band mit Deppenschmidt am malerischen Schlagzeug (das aus den Dreißigerjahren zu stammen schien und schöne Klangfarben hergab). Dort wurden unter der Regie von David Peel, einem Studenten aus Dublin, Samuel Becketts »Krapp's Last Tape« und Eugene Ionescos »The Lesson« (»La Leçon«) aufgeführt, dort brachte David Mowat, ein anderer Student, Henrik Ibsens »Ghosts«, Ionescos »The New Tenant« und eigene Stücke (mit der unvergesslich attraktiven – für mich unerreichbaren, vergebenen, verzehrendes Verlangen auslösenden – vollschlanken Sarah Lawrence) auf die Bühne.

Etwas höher gelegen, wieder linker Hand, stand das Bibliotheksgebäude; die gemütlichen Lese-Kojen blickten nach hinten hinaus auf die »Downs« im Westen, die Wiesen und Bäume; es war idyllisch, es hätte nicht besser sein können. Alle Universitätsgebäude waren aus Ziegelsteinen in verschiedenen Rottönen erbaut. Zwischen Bibliothek und Theater stand so etwas wie ein Torbogen, eine Art Torso, Henry Moores »Arch«; eine der besten Skulpturen des englischen Bildhauers, wohl des größten seiner Zeit oder gar des ganzen 20. Jahrhunderts.

Der erste Blick auf diese Szenerie war einfach umwerfend – und zugleich frustrierend. Weshalb? Weil ich an die öden Universitätsgebäude in der Stadt Erlangen denken musste, an das dortige Fehlen von Natur und von Campus-Zusammengehörigkeit. Mir verschlug es die Sprache.

Es war Anfang Oktober, Sonnenschein, es war noch warm, und auf den Wiesen lagen verstreut die Studentinnen und Studenten mit in der Sonne blitzenden Glaskrügen Bier: Ale, Lager, Guinness … Dergleichen durfte man sich im Stadtpark von Erlangen – hinter dem Kollegienhaus und hinter dem Schloss gelegen – nicht erlauben; wenn jemand sich auf der Wiese zwischen den Parkbäumen niederließ, wurde er sofort von der Polizei des Platzes verwiesen. Das illustriert den ganzen Unterschied zwischen der damaligen sozialen und hochschulpolitischen Situation in England und der Bundesrepublik, den ich bald noch ausgiebiger und eindrücklicher zu sehen bekommen sollte. Schon auf dem Weg zum Campus war mir einer der Studenten aufgefallen, er hatte lange, wuschelige rotblonde, genauer: gingerfarbene Haare und einen großen Stein (mit Loch in der Mitte) um den Hals hängen – und das 1965! Wir trugen in Erlangen noch Jacketts und meist Krawatten. Solche Unterschiede zeigten sich in Tausenden Details. Der Pullover des Studenten und so manch andere Pullover, auch von Studentinnen, hatten große Löcher in den Ärmeln und zuweilen sogar auf der Brustseite. Ein Protest gegen die Konsum- und Wegwerfgesellschaft (nochmals: 1965!). Unmöglich in der Bundesrepublik. Und da gab es, vereinzelt, schon das, was man bald Minirock nennen würde: die Schenkel weit hinauf entblößende Stoffröcke und auch Sommerkleider, die das ganze Klima erotisierten. Undenkbar zuhause. Das waren alles Entzückungsangebote. Der Moore, die Biergläser, die schönen Downs, die sich der Landschaft anschmiegende Architektur der Universitätsgebäude, die

Kleidung, die Löcher in den Pullis, die Freiheit – ein anderer Atem wehte hier. Und man konnte sogar die Luft spüren, die vom Meer heraufstrich.

An die Bibliothek schloss ein Vorlesungsgebäude an. In seinen beiden Vorlesungsräumen fanden auch von Studenten organisierte Filmvorführungen statt – mit den avantgardistischsten Kunstfilmen der Zeit. Begeisternd war Bertoluccis »Il Conformista« – mit diesen intensiv-eindringlichen tief-dunklen Farbaufnahmen. Die großen Kunstfilme werden ja in der heutigen Medienschlacht nach der Erstaufführung nie mehr gezeigt, die Commercials haben die Kunst verdrängt. Und auch die schöne Literatur und ihre Rezeption beginnen auszusterben. Freilich muss man andererseits zugestehen, dass der Film – in seinen guten Exemplaren – sich im Lauf der letzten Jahrzehnte perfektioniert hat. Doch die vom Realismus abweichende Filmkunst, die mit den Stummfilmen Chaplins begonnen hatte, ist doch von den Naturalismen der Gegenwart überrollt worden.

Gegenüber der Bibliothek, rechter Hand, lagen zwei Verwaltungsgebäude, in denen es auch ein Reisebüro, einen Krämerladen und ein Café gab. Oberhalb dieses Komplexes, auf der östlichen Seite, war das Medical Centre mit dem Campus-Arzt Doctor Gough (der mir gegen meine anschwellenden Nasenschleimhäute einmal eine einzige winzige rote Pille eines Antiallergikums verschrieb, das mir sofort das freie Atmen durch die Nase ermöglichte).

Weiter nach hinten, Richtung Norden, lag ein nach Süden geöffneter U-förmiger Komplex mit den Seminarräumen und den Zimmern der Lehrenden, der Lecturer, Reader und Professoren. (Dass ich hier einmal einziehen würde, das lag jenseits meines Denkens und sogar Träumens. Das war eine

Undenkbarkeit in jeder Hinsicht. Würde ich jemals lehren? Würde ich jemals hier lehren? An einer Universität? Es kam mir nicht in den Sinn. Es gab noch keine Zukunft.) Hinter diesem U-förmigen Gebäudekomplex befanden sich weitere Vorlesungsgebäude und die Studentenwohnheime (in dem die blonde Soziologiestudentin Eva, jüdischer Herkunft, mit ihrer Freundin untergebracht war; eine zu meinem Bedauern verpasste Gelegenheit). Bei den Wohnheimen befand sich ein Geschäft, in dem von Nahrungs- bis zu Waschmitteln alles zu haben war, was ein Student brauchte.

Der British Council hatte an alles gedacht, man hatte mich sogar für zu mir passende Seminare angemeldet: Shakespeares Komödien … und der englische Roman des 18. Jahrhunderts: die Übersetzung von Laclos' »Les Liaisons dangereuses«, Fieldings »Tom Jones«, Richardsons »Clarissa«, Lawrence Sternes »Tristram Shandy«, Jane Austens »Sense and Sensibility«. Lawrence Lerner, in Südafrika geboren, war der hellste und witzigste Professor am ganzen Campus. Er war dunkelhäutig, hatte eine markante, raue, fast krächzende Stimme, und seine kräftigen großen Zähne zeigten sich beim – häufigen – Lachen. Thomas Elsässer war einer der Seminarteilnehmer; er brillierte, denn er war bereits das dritte Jahr in Sussex und beherrschte die Sprache ausgezeichnet. Er schaffte die 1600 Seiten »Clarissa«, ich aber kam nur bis ungefähr Seite 55. Lerner war enttäuscht. Ich aber musste noch jedes fünfte Wort nachschlagen, es war nicht anders zu machen. Ich war von mir selbst reichlich enttäuscht. Ich schaffte das Pensum nicht. Doch schrieb ich eine Arbeit über den »self-conscious narrator« (den sich selbst in Szene setzenden Ich-Erzähler) in »Tristram Shandy«, dessen Konstruktion mit den Digressionen, das heißt den Reflexionen über das Schreiben und die Uneinholbarkeit des Lebens im Schreiben, sowie dessen nicht versiegender Humor mich erheiterten. Ich betonte vor allem die additive Struktur des Romans, beschrieb sie als Perlenschnur, erhielt aber eine miserable Note. Man muss doch die subjektiven Bedingungen des Startpunktes berücksichtigen, das hatte Lerner jedoch nicht getan. Er war fordernd wie Wölfel, der Germanist in Erlangen, belesen wie Wölfel, geistreich wie Wölfel; er erschien mir aber als egozentrischer Narzisst, als undialogischer Komödiant. Dennoch ein Gott. Oder gerade wegen dieser Eigenschaften ein Gott.

Bei David Daiches, einem jüdischen Professor, hörte ich eine Vorlesung über Milton. Miltons »Paradise Lost« spielte dann bei Bodmer, Breitinger, Gottsched und den deutschen Dichtungstheoretikern, denen ich mich später anlässlich der Staatsexamensarbeit, der »Zulassungsarbeit«, und der Doktorarbeit zuwenden sollte, eine wichtige Rolle. Aber im Moment ödete mich dieses christliche Epos gewaltig an – mit all seinen unglaublichen Engeln und höheren Regionen und Himmelskreisen.

Während einer Tanzveranstaltung im Falmer House wurde ich mit Eva bekannt, die mit ihrer Freundin und deren Freund, Dick genannt, gekommen war. Eva und ich trafen uns dann des Öfteren, und einmal machten wir eine lange Schneewanderung in den Downs nördlich des Campus, stiegen über die Zäune querfeldein. Der Schnee lag da wie ein weites weißes Leintuch. Mich zog es zu Eva hin, ich wollte sie anfassen, was weiß ich, vielleicht zog es auch sie zu mir hin, doch da gab es ja Uschi, in Füssen, und Eva wusste von diesem Hindernis. Aber das Verlangen quälte mich und ich musste es widerwillig hinunterschlucken. Es war erstickend. Und es blieb eine Frustration, es blieb mir etwas im Halse stecken.

Dann bekam ich eine schwere Grippe mit hohem Fieber. In meinem Zimmer über der Garage war es bitterkalt; den Heizstrahler durfte ich immer nur wenige Minuten einschalten, dann kam Frau Deason kontrollieren. Von unten, der Garage, kam es eiskalt hoch. Kein Wunder, dass ich mir eine Grippe zuzog. Aber Eva kam mich besuchen ... Das Verlangen war wieder da, ein schreckliches Verlangen. Aber diesmal war es das Fieber, die Angst, Eva anzustecken, die Angst, mich ihr schwitzend zu präsentieren, oder welche Angst auch immer: Ich wagte jedenfalls keine Annäherung. Fieber, Halsschmerzen, Gliederschmerzen. Wieder eine Art Interruptus, wieder eine Verhaltung, wieder eine schlimme Selbstkastration.

In England verlor ich zwei Zähne, Backenzähne. Weh dem, der hier Symbole sieht. Jedes Mal war ein kalter Wind der Auslöser. Einmal war ich zu Besuch bei Peter Gans, einem Mediävisten und Sprachhistoriker in Oxford. Er war mit Kurt Wölfel befreundet, der die Verbindung hergestellt hatte. Als die Schmerzen nicht mehr zu ertragen waren, brachte mich Peter Gans zu seinem Zahnarzt. Der zog mir mit einer schwarzen Flachzange den schmerzenden Zahn. Es blutete heftig. Und in der Nacht blutete ich das Kopfkissen der Familie Gans voll. Am Morgen wagte ich es nicht, das Blut auf dem Kissen zu erwähnen. So schüchtern, um nicht zu sagen: feig, war ich. Erheiternd war dagegen ein Theaterbesuch mit Peter Gans. Ich wusste nicht, wo ich meinen Mantel platzieren könnte. Gans warf seinen hellen Trenchcoat auf den Boden vor dem Theatersitz und erklärte mir, wenn man in England ein neues Kleidungsstück erwerbe, dann trete man erst einmal kräftig mit den Füßen auf ihm herum, um es einzuweihen.

Der zweite Backenzahn wurde in Brighton vom Leben in den Tod befördert. Ich bekam eine Spritze; dann wachte ich auf, und alles war schon vorbei. Doch am nächsten Tag sah ich im Spiegel die blauen und gelben Flecken im ganzen Gesicht. Von Wurzelresektion hatte man offenbar in England noch nichts gehört. Vielleicht war es dafür aber auch zu spät gewesen. Die zwei Zähne waren verloren, unwiederbringlich.

Die Herbstnebel und die Kälte des Winters hatten sich auf mein Gemüt geschlagen. Die anfängliche Euphorie entwickelte sich jetzt zu einer Depression (welcher Begriff mir damals aber noch nicht bekannt war): Ich sah mich nur von Tod umgeben. Wenn ich einen älteren Film sah, wusste ich: Alle diese lebendigen Gestalten liegen mittlerweile im Grab. Mir würde es auch so ergehen. Der Schock der Todeserkenntnis (der vielleicht nur eine chemische Reaktion im Rahmen der Depression war) war schrecklich. Angst quälte mich. Ein Brief teilte mir mit, dass mein Vater – wegen seiner Leberzirrhose, die er sich im Krieg zugezogen hatte – in der Klinik lag. Uschi fehlte mir; es war ein Fehler ihrer Eltern gewesen, sie nicht gleich mit mir nach Brighton gehen zu lassen. Doch mir waren beide Momente nicht bewusst. Die verdrängten Ängste machten sich offenbar als Todesvisionen bemerkbar. Jetzt faszinierten mich Joyce und Beckett. Joyce sprach im »Ulysses« vom »womb tomb«, der Schoß ein Grabmal, und Beckett schrieb: »Rittlings über dem Grabe gebären sie«. Das Leben währt einen Atemzug, wie Beckett in seinem Theaterstückchen »Breath« es darstellte – und hundertfach variierte. Joyce und Beckett hatten den Nagel auf den Kopf getroffen. Der Tod ist bei Beckett omnipräsent: der nahende Tod in »Krapp's Last Tape« (das ich als eine Art Regieassistent mit David Peel aufführen durfte); in »Endspiel« ist die Welt ausgestorben und Nagg und Nell stecken mit ihren Stümpfen im Sägemehl der Mülltonnen; in »Happy Days« steht Winnie bis zur Taille in der Erde eines Hügels; in »Molloy« sind am Ende die Bienen des Bienenstocks gestorben; in den »Drei Erzählungen« (oder in »Krapp«?) wird von einem schwarzen Kinderwagen als »most funereal thing« gesprochen. Man kommt an einem Fleischerladen vorbei: Eine Epiphanie sozusagen, eine säkularisierte bzw. negative Epiphanie (wie sie in Joyce' »Dubliners« noch in positiver Form vorkommt). In »Malone Dies« steht dem Protagonisten der Tod bevor, und fast jeder Abschnitt handelt vom Enden. Schweine werden abgestochen. Ein Esel wird begraben. Ein Huhn geschlachtet. Wieder symbolische Epiphanien. Aus jeder Ecke grinste der Tod hervor. Aus den Filmen, aus der Literatur, aus der Wirklichkeit.

Ich schrieb Gedichte wie das folgende:

ODE

ein fingernagel
ein nachlass
ein abgang

ein jahrhundert
ein stück fleisch
ein soldat

ein autoreifen
ein stück papier
ein haufen heu

der grüne tod
mein schwarzgewordenes
herz

War es, dass mein Unbewusstes das Sterben meines Vaters antizipierte? In halluzinatorischer Klarheit sah ich Uschi sterben und im Grab liegen. Der Horror Vacui hatte mich in seinen Klauen. Ich schrieb ein Gedicht:

AUGENBLICK

wie fischgräten
unsere skelette
in der erde

ein vogel
kräht
womöglich

in deinen augen,
dunkel, ist noch
farbe, zu viel
tod und zärtlichkeit

dein mund schmeckt schon
nach erde

Meine allererste Veröffentlichung war dieses Gedicht, in englischer Sprache, in der Universitätszeitschrift »siren«.

Das Essen bei den Deasons und in der Mensa der Universität konnte ich nicht länger ertragen. Ich bekam Magenschmerzen. Und als ich gegen Winterende Uschi in Füssen besuchte und mich bei Dr. Metz röntgen ließ, stellte er zwei Geschwüre im Zwölffingerdarm fest. Nun dauerte es Monate, bis ich wieder richtig essen konnte. Bis dahin lebte ich mehr oder weniger ausschließlich von Nudeln, die ich halbwegs vertrug.

Am Schwarzen Brett im Falmer House las ich in einer Annonce des Studententheaters von einer Audition zu Ibsens »Ghosts« (»Gespenster«). Ich kam, hörte zu, erklärte, ich könne nicht sprechen und nicht schauspielen, so blieb mir nur der Bereich des »stage design« und der »props«. Ich malte dann ein Bühnenbild mit Fjorden, das aber als nicht düster genug befunden wurde. Zu Recht. Zusammen mit anderen Mitgliedern der Theatre Society besorgte ich Sofas, Stühle und Tische. Das Stück des »Wiedergängers«, der Wiederkehr der Vergangenheit, verfasst in Ibsens Technik des analytischen, retrospektiven Dramas, war unter der Regie von David Mowat ein voller Erfolg. Wir führten auch Ionescos »The Lesson« auf, mit dem imaginären Mord an der Studentin (gespielt von der anziehenden, mich in Verzweiflung stürzenden Sarah Lawrence). Schließlich auch »Der neue Mieter«(mit einem Zimmer voller Stühle und Schränke) und ein Stück von Mowat (in dem hauptsächlich nur hin- und hergegangen wurde – vielleicht an Harold Pinters Stücke angelehnt).

Meine kleptomane Phase: Ich klaute Bücher – und Gewürze (aus der Serie »Spice Islands«). Aus einem Buch mit Ionesco-Stücken – aus der Universitätsbibliothek – riss ich die Seiten mit dem Text von »The Lesson« heraus. Ich war so etwas wie ein Regiepraktikant bei David Mowat – und ich musste diesen Text haben, ihn in ein Regiebuch kleben und rechts daneben die Regieanweisungen Mowats notieren. Außerdem war ja die »Gesellschaft« an allem schuld: Weil sie nichts für Kinder zahlte, die man gezeugt hatte, weil sie den Studenten ihre Arbeit nicht bezahlte, denn das war doch Arbeit, nicht? Ich war nicht schuld. Am Tag nach meiner Untat stieg ich mit Edward Hurst, dem jüdischen Psychologiestudenten, der mit mir bei den Deasons wohnte, die breite Treppe zur Universitätsbibliothek hoch. Oben war eine große Tafel aufgestellt, die Frage »Wer war dieser Vandale?« stach mir in die Augen. Unter der Aufschrift war das aufgeklappte Ionesco-Buch festgeheftet und ein Pfeil wies auf die fehlenden Seiten. Edward sagte: Das warst doch du?! Was blieb mir anderes übrig, als zu leugnen. Mich zu outen, daran konnte ich nicht einmal denken. Das war eine Denkunmöglichkeit. Leugnen! Um jeden Preis! Ich war zerknirscht und in mir krampfte sich alles zusammen. Dieses Erlebnis heilte mich von der Kleptomanie. Ich konnte später niemals begreifen, wie ich zu einer solchen Tat fähig gewesen war.

Das einschneidende Theatererlebnis war die Produktion von »Krapp's Last Tape« mit David Peel aus Dublin. Ich erinnere mich an sein Donkey-Jackett, jenes dunkelblauschwarze Jackett, das unverwüstlich war und eigentlich von Arbeitern getragen wurde. Ich kaufte mir später auch eines. Es war Winter, viel Schnee lag nicht in Brighton, lag nie in Brighton; wenn Schnee fiel, stand der Verkehr sofort still. Aber es war sehr kalt. Doch David ging, wenn er nicht sein Jackett trug, im offenen weißen Hemd un(v)erfroren durch den Winter. (Wie ja die Engländer und Iren, auch Beckett tat das, im kalten Herbst im Meer schwimmen.) Ich durfte als Regieassistent mitmachen; ich legte mir wieder ein Regiebuch zu, links eine Seite aus »Krapp«, rechts freier Platz für die Regienotizen. Der Text war diesmal rechtmäßig erworben. »Assistenz« war eigentlich zu viel gesagt, ich notierte mir einfach die Anweisungen Davids. Wieder diese Alters- und Todesnähe (um die schon der junge Beckett wusste: Bereits in »Murphy« spielen sie am Ende mit der Schachtel, in der sich die Asche Murphys befindet, Fußball in einer Londoner Kneipe). Ich entwarf das Bühnenbild und die Requisiten. Wir besorgten den passenden Tisch mit den zwei Schubladen (in denen die Bananen liegen), Tonbandgerät, Bänder und Schnapsflasche. Beckett wäre mit der Produktion einverstanden gewesen. John Nettles sprach den Krapp mit irischem Akzent und sang, krächzte das »Night is drawing nigh« mit Beckett'schem Hintersinn. Sarah Malone war für das Make-up zuständig. Spätere Inszenierungen des Stücks waren in meinen Augen blass gegen diese studentische Produktion. (So war ja auch die Aufführung des »Endspiels« durch Frederic Ribell in Erlangen, Februar 1962, eine Sensation für mich gewesen, die höchstens durch Becketts eigene Inszenierung in Berlin übertroffen wurde.)

Endlich waren Uschis Eltern bereit, ihre Tochter nach Brighton ziehen zu lassen. Was blieb ihnen auch anderes übrig! Uschi hatte ihre Stelle als Arzthelferin gekündigt und war fest entschlossen, nach Brighton zu gehen. Ich aber hatte meine Schocks, meine Frustrationen, meine Ängste gespeichert; sie wollten nicht wirklich weichen. So wenig wie die Geschwüre. Doch mit dem Sommer und Uschi in der Nähe kam es dann langsam zur Genesung.

Bevor Uschi kam, suchte ich nach einem Zimmer und alternativ nach einer Möglichkeit, in einer Wohngemeinschaft unterzukommen. Einmal wurde mir eine Kammer im vierten oder fünften Stock eines unbewohnten, gespenstischen Wohnblocks angepriesen. Es war ein Rattenloch. Eine Pritsche mit grauen Militärdecken, ein Gaskocher. Für Selbstmörder, dachte ich; ich dachte an die Selbstmorde durch Gas während der amerikanischen Depression der Dreißigerjahre und an die Beschreibung William Saroyans von seinem New Yorker Zimmer – in dem ihm die frisch gewaschenen Haare am Kopf gefroren. Es war ein Alptraum. Wie in einem Horrorfilm. Ich ergriff die Flucht und jagte davon.

Aber dann gelang es mir, in eine WG mit Norman und John im Adelaide Crescent in Hove, westlich an Brighton angrenzend, einzuziehen. (Norman studierte Polnisch und war mit einer Polin liiert, die er mehrmals in Polen besuchte.) Uschi kam. Ich war von den Deasons und ihrer Dampfkost befreit. Befreit von der Friar Road 6. Der »Crescent« war wie aus zwei Sichelmonden geformt (daher der Name: zunehmender Mond); in der Mitte eine Wiese mit Kiefern und Büschen; über der Straße, südlich, lag das Meer, lag der Strand mit den braunen Kieselsteinen, dem grünen Wasser am Tage, dem bleiernen Schwarz in der Nacht. Mit dem Geruch nach Tang und Fisch, der mich jedes Mal, wenn ich ihn wahrnehme, in nostalgische Delirien versetzt. Ich glaube, der Adelaide Crescent ist der schönste Platz von Brighton und Hove. Die Sonne erleuchtete die weißen Gebäude und lag auf der Wiese und den Kiefern. Welches Glück hatte mich in diese Wohnung unter dem Dach verschlagen! In unserem Zimmer mit dem niedrigen Bett konnte ich endlich Kunstdrucke nach meinem Geschmack aufhängen: van Gogh, Monet, Gauguin … Hove war mediterran, weiße, lila, rosa Häuserfronten, alles dem Strand entlang gelegen: Hove und Brighton waren pittoresk im wahrsten Sinne des Wortes. Das war ein lebendiges Kunstwerk, voll Leben und

Farben, voll der Oldtimer und roten Busse. Die »Lanes« mit den Silberschmuckgeschäften waren noch nicht überlaufen und zu Ramschläden kommerzialisiert. Ich fuhr nun vom Adelaide Crescent mit dem Red Bus bis zum Old Steine und wechselte dann in den Green Bus, um zur Falmer Station, dem Bahnhof von Falmer, zu gelangen. Während ich im Vorlesungssaal oder im Seminarraum studierte, saß Uschi auf der Wiese vor der Bibliothek in der Sonne.

Langsam, langsam erholten sich der Magen, der Zwölffingerdarm – und auch die Angstneurose legte sich. Doch erinnere ich mich an einen Besuch in der Drury Lane in London – bei Rick, einem Freund von Norman –, als ich noch von Spaghetti lebte und nichts anderes vertrug. Rick spielte auf dem Klavier Poulenc und Satie. In dieser Zeit hatten wir auch ein Sommerseminar auf der »Isle of Thorns«, der externen Dépendance der Universität, die oft während der »reading week« (der Urlaubspause mitten im Trimester) von den Studenten aufgesucht wurde. Dozent war der Germanist Taylor, der ein kleines Büchlein über Kafka geschrieben hatte. Schwimmen, Wandern über die Heidefelder und Tischtennis waren unsere Hauptbeschäftigungen. Ich hatte nur Gaststatus, denn ich studierte ja englische Literatur. Meine Haupttätigkeit jedoch bestand im privaten Lesen – des »Ulysses«, des einprägsam-anschaulichen, grandiosen »Portrait of the Artist as a Young Man« und der Werke Samuel Becketts: »womb tomb«.

Gelbe Socken

Wir heirateten im Sommer. Ich wollte es informell haben und in Jeans aufs Standesamt in Lechbruck gehen. Aber Uschis Eltern wollten eine große Hochzeit und ein kirchliches Ritual. Sie kauften mir einen schwarzen Anzug, um mein Erscheinen in Jeans zu verhindern. Ich konnte es aber nicht lassen, mir wenigstens gelbe Socken anzuziehen. Das feierliche Versprechen – bis dass der Tod euch scheide – wurde gegeben und in der schönen barocken Colomanskirche bei Schwangau am Forggensee wurden die Eheringe ausgetauscht. Und danach wurde im – dazumal angesehenen – Gasthaus Weyrich in Horn (zwischen Schwangau und Füssen gelegen) gegessen. (Weyrich senior hatte in Paris gearbeitet und konnte ein unvergleichliches Pariser Pfeffersteak servieren.) Die große Verwandtschaft der Kneitingers beschenkte uns mit diversen Haushaltsgegenständen für junge Paare, und mein Vater und meine Mutter und meine Schwester hatten nicht viel zu melden.

Für unsere ›Hochzeitsreise‹ schlossen wir uns Helmut und Brigitte an, die schon im Jahr zuvor, 1965, nach Griechenland gereist waren und – zusammen mit ihrem Füssener Freund Hundhammer – wieder nach Agios Ioannis, am Pelion nördlich von Volos gelegen, und schließlich auf die Insel Skopelos fahren wollten. Früh um vier ging es los. Bei Skopje übernachteten wir, und ich erinnere mich an die einen Zentimeter hohe Urinlache im Hotel. Die nächste Station war südöstlich von Thessaloniki; in Erinnerung behalten habe ich einen sagenhaften Salat mit frischen Gurken und saftigem Schafskäse, einen Choriatiki, sowie den Schwarm von Stechmücken im Zimmer, in dem wir zu fünft übernachteten. Ich habe, wie man so sagt, kein Auge zugetan, nur um mich geschlagen.

Schließlich gelangten wir über die Berglandschaft nordöstlich von Volos nach Agios Ioannis, und hier lag das Meer. Ich wollte mich am liebsten mit den Kleidern ins Wasser stürzen und das Meer austrinken. Der Strand bestand aus weißen Kieseln, und das Wasser über den Kieseln war durchsichtig klar und türkisfarben. Ich hatte keine Geduld und musste ins Wasser, bevor wir auspackten.

Wir ließen uns in der zweiten Bucht, nordwärts der Hauptbucht, nieder, breiteten die Luftmatratzen und Schlafsäcke auf dem Strand neben einem Felsbrocken aus, um dort auch zu nächtigen, wie es Helmut und Brigitte im Jahr zuvor schon getan und uns in einer Diaschau zuhause bereits demonstriert hatten. Früh um fünf käme immer ein Bauer mit einem Esel vorbei. Das geschah auch in diesem Jahr. Beim Aufwachen hatten wir das Meer und den Osten vor Augen; die noch schwache Sonne blinzelte orangerot durch den Morgennebel und wurde schließlich weiß; es wurde heiß.

Brigitte, Helmut und Hundhammer fuhren schon bald mit dem Schiff von Volos weiter nach Skopelos, und Uschi und ich blieben zurück. Es kam aber ein drei Tage dauernder Sturm auf, sodass wir wegen Ohrenschmerzen und Schlafschwierigkeiten in eine Pension übersiedelten. Wir aßen im besten Restaurant im Ort, in dem, wie man uns sagte, auch die reichen Griechen Urlaub machten. Wir wurden in die Küche geführt und durften einen Fisch aussuchen. Der Hummer mit Aioli, sehr gut, wie Adalbert Stifter gesagt hätte, kostete vier Mark. Gefüllte Tomaten und Paprika gab es für 50 Pfennig oder eine Mark. Getrunken wurde Retsina, der geharzte Landwein. Nach einem »Triangulos«-Kuchen gab es Ouzo.

An einem Tag – der Himmel war jetzt wieder wolkenlos – spazierten wir in die nächste ›Ortschaft‹, Damouchari. Dort stand, so scheint mir, nur ein einziges Gebäude, eine Kneipe, in der wir Rührei aßen und wieder Retsina tranken. In den winzigen Ortschaften am Fuße des Pelion und auf Skopelos gab es immer nur Rührei. Der Blick durch die grünen, olivenfarbenen und silbernen Laubbäume auf die türkisfarbene und weiter draußen tiefblaue Bucht von Damouchari wäre ein Festschmaus für Monet gewesen.

Schließlich machten auch wir uns auf nach Skopelos. Mit dem gerammelt vollen Bus, in dem wir in der Hitze stehen mussten, ging es die Kurven des Pelion hoch und dann hinunter nach Volos. Mit dem Schiff weiter an Skiathos vorbei nach Skopelos. Seekrank kauerte ich mich in den Schatten unterhalb der Schlote und hechelte. Der Lohn war dann der Blick auf das pyramidenförmige Städtchen Skopelos, das wie ein Gemälde von Klee aussah: alle Häuser weiß getüncht und die Tür- und Fensterrahmen hellblau oder dunkelblau lackiert. Blumen in rosa und türkis angemalten Blecheimern, Kanistern für Oliven, standen auf den Mäuerchen. Eine weiß strahlende Kirche mit Glockentürmchen, vom Hafen aus gesehen rechter Hand, blendete uns.

Wir bezogen Quartier bei Leftheris Garouphalis, am Strand gegenüber der Stadt. Den Zaun bildete ein drei bis vier Meter hoher Bambusstreifen. Wir wurden in einem der beiden Bungalows, besser: Hütten, untergebracht. Leftheris schlief jede Nacht auf einer Pritsche, die er vor sein Häuschen gestellt hatte. Auf dem Dach unseres Bungalows stand eine Tonne mit Wasser. Am späten Abend duschten wir und lagen nackt auf dem Leintuch; es wollte nicht abkühlen. Die Luft war lauwarm, die ganze Nacht lang. Aus der Richtung, in der die Stadt lag, klangen laut die griechischen Schlager des Sommers: Theodorakis, Demis Roussos … Am Tag zog ich mir in wenigen Minuten einen Sonnenbrand zu; Helmut und Uschi mit ihrer dunklen Haut bräunten ohne Verbrennungen. Die blonde Brigitte suchte den Schatten. Der Strand lud nicht zum Baden ein, also wanderten wir täglich über den Hügel auf die Südseite der Insel (es gab keinen Autoverkehr, unser Auto war in Volos geblieben) nach Stafilos; dort lag eine lange Bucht mit hellen Kieseln, das Wasser war fast wie in Agios Ioannis türkisfarben, gemischt mit tiefem Blau. Die Kräuter im Gestrüpp am Hügel dufteten nach Rosmarin und Thymian und mir unbekannten Kräutern. Das Licht war überirdisch, eine Helligkeit wie sonst nirgends.

Einmal waren wir bei einer Deutsch sprechenden Dame auf der anderen Seite des Hügels eingeladen; wir blieben die halbe Nacht, bei Walnüssen und Retsina. Die schwarze Nacht war aus durchsichtigem Glas, unzählige große, helle Sterne leuchteten von oben herab. Die Zikaden kreischten. Spät ging es dann zurück.

Wir – Uschi und ich – klebten jetzt nicht mehr ununterbrochen aneinander wie noch im Frühjahr 1965. Die Reise nach Zürich zeigte offenbar ihre Auswirkungen. Ebenso die Zeit, die ich allein in Brighton gewesen war. Sie hatte eine Verhaltung hinterlassen, die nicht weggehen wollte. In der Zeit der Frustration hatte mein Unbewusstes bzw. die Kraft der Gene meine Aufmerksamkeit auf Eva, die jüdische Studentin, gelenkt. Bis ich sie radikal ausgeschlossen und bewusst verdrängt hatte.

Im Herbst kam Uschi dann nach Erlangen. Wir bezogen in einem Hochhaus in der Gerhart-Hauptmann-Straße eine 45qm-Wohnung im 13. Stock und blickten auf die rohe Erde und die blauen und braunen Baustellenhütten hinunter. Die Hochhäuser waren gerade erst errichtet worden und es gab noch keine asphaltierten Wege. Zusammen mit dem Hausmeister Dötsch aus der Kaiserstraße 6 in Fürth baute ich ein Eisenbett, zwei mal zwei Meter. Dötsch schweißte die Winkeleisen und die nur 20 Zentimeter hohen Eisenfüße zusammen. Darauf kamen Spanplatten und eine Metzler-Matratze. Das Bett wurde rot lackiert. In den schmalen Gang der Wohnung passte gerade der kleine, zierliche Schrank meines Großvaters, den wir 1946 mit dem Antifa-Transport von Maxdorf ins Lager Lechfeld hatten mitnehmen dürfen; dann war er nach Lengenfeld, danach nach Roßmoos, Füssen und schließlich Fürth gelangt. Jetzt lackierten wir den grünen Schrank mit einer strahlend orangeroten Farbe. Im Wohnzimmer (mit Schiebetür zur winzigen Küchenzeile) platzierten wir das Bett; dazu baute ich quadratische Kästchen aus 40 mal 40 Zentimeter großen Spanplatten. Eine rostrosa Vase, eine Keramikarbeit von Heidi Lichtenberg, geborener Rometsch (sie hatte Werner Lichtenberg geheiratet), und eine lichtblaue Stahlschüssel aus einem Nürnberger Einrichtungshaus waren die bescheidenen Zierden dieser Kästchen. Den Esstisch baute ich aus Metallfüßen und einem Türblatt, die alle orangerot gestrichen wurden. Im Arbeitszimmer stand ein weißer Kleiderschrank, ein gutes Fabrikat; Uschis Eltern hatten ihn bezahlt. Ein Schreibtisch, wieder selbst gebaut, und ein Bücherregal, in dem noch wenige Bücher standen, nicht die Tausende, die ich im manischen Sammelwahn im Lauf der späteren Jahrzehnte erwerben sollte.

Uschi hatte eine Stelle als Arzthelferin in der Frauenklinik Erlangen erhalten, sie arbeitete im Keller beim Gynäkologen Michalzik. Im Kühlschrank wurden die Totgeburten aufbewahrt. Michalzik war ein unfreundlicher Arzt, und Uschis Kollegin war unausstehlich. Das Monatsgehalt belief sich auf 300 Mark. Ich selbst hatte eine Stelle als Hilfskraft bei meinem Professor, Kurt Wölfel, bekommen und verdiente damit knapp 250 Mark. Jeden Monat schossen uns dann von einem bestimmten Zeitpunkt an Hannelore und Heinz Schlaffer 50 Mark zu. Manchmal überließen wir unsere Wohnung meiner Schwester Susanne und ihrem Liebhaber für eine Freudenstunde und wurden dafür entlohnt.

Heinz Schlaffer war wie Klaus-Dieter Schlüer Assistent bei Wölfel. Er besuchte uns ab und zu in der Gerhart-Hauptmann-Straße und nannte unsere Behausung einen »Pfuhl für Nilpferde« (es war ohne Aggression gesagt, so wie er ja auch seine Frau, die als Lehrerin arbeitete und bei Wölfel eine Dissertation über die Formgeschichte des deutschen Dramas schrieb, ohne Bösartigkeit eine »kandierte Heuschrecke« genannt hatte). Wie schon im »Gelben Gelächter« erwähnt, spazierten wir eines Tages hinter einem Paar den Gehsteig entlang, als Schlaffer mit seinem komischen Talent ernsten Gesichtes zu bellen anfing wie ein Hund. Das war antiautoritär, 1966, bevor noch die antiautoritäre Studentenbewegung auf den Plan trat. Diese Episode sagt alles über Dr. Schlaffer, alles über seine politische Einstellung. Und sein komisches Talent. In wissenschaftlichen Gesprächen war Schlaffer ernst, dennoch war alles, was er sagte und schrieb, geistvoll pointiert, also auch witzig im weitesten Sinne des Wortes. Um seiner Banalitätsphobie zu entgehen, verlegte er sich auf Wissen einerseits und Unsinn andererseits, auf Kulturgeschichte und Kalauer.

Was ich studierte? Es begann – in der Ära Wölfel – im Wesentlichen mit einem Seminar über Franz Kafka und einer Vorlesung über Stifter. Aber ich besuchte in der Folge viele Vorlesungen Wölfels; es gab keine Schlussprüfungen zu diesen Vorlesungen, aber man musste über die Literaturgeschichte vom Barock bis zur Klassischen Moderne Bescheid wissen, denn die Examensfragen wurden zentral vom Bayerischen Kultusministerium gestellt. So besuchte ich die Wölfel-Vorlesungen zur Komödie des 18. Jahrhunderts, zu Gotthold Ephraim Lessing, zum Roman des 18. Jahrhunderts, zu Stifter, zu Fontane, zum Poesiebegriff. Wölfel initiierte dann ein DFG-Projekt zur Poetik des 16., 17. und 18. Jahrhunderts. Eine großartige Idee, denn im Lauf der Zeit konnte ich sehen, dass die Entwicklung der Dichtungstheorie bis zu den Gebrüdern Schlegel und zu Hegel (sowie zu Johann Georg Sulzers Lexikon »Allgemeine Theorie der schönen Künste«) eine Unmenge von Kategorien zusammenfügte, die meines Erachtens von der Theorie des 19. und 20. Jahrhunderts kaum übertroffen und weiter ausdifferenziert wurden. Es ist ewig schade, dass aus dem Lexikon nichts wurde; die DFG hatte das Projekt nach ein paar Jahren in der damaligen Wirtschaftskrise gestoppt. Vielleicht hätten wir – wie Eva Schlüer, geborene Schwinn, die Frau Klaus-Dieter Schlüers, geraten hatte – die Verzettelung der Zitate mit den Stichworten und Definitionen elektronisch vornehmen sollen. Aber der Personal Computer lag noch in weiter Ferne. Die wichtigsten Begriffe, denen wir uns in Oberseminaren und im Projekt widmeten, waren das »Wahrscheinliche«, das »Wunderbare«, die »Nachahmung«, das »Neue«, die »Wirkung«, das »Interessante«, »Furcht und Mitleid«, das »Schöne«, das »Groteske« (über das der Anglist und Amerikanist Theodor Wolpers, bei dem ich eine Arbeit über Edgar Allen Poes »A Predicament« schrieb, ebenfalls forschte). In Wölfels Projekt hatte ich zunächst eine Hilfskraftstelle und sodann die Stelle eines wissenschaftlichen Mitarbeiters. Erst nach der Promotion 1972 konnte ich als Vertretung einer Assistentenstelle beschäftigt werden.

Das für mich Schrecklichste in dieser Zeit waren die Exkursionen an Wochenenden. Wölfel war mit seiner Banalitätsintoleranz eine Herausforderung. An ihr zerbrachen manche Jünger, trotz der allgemeinen Bewunderung für den immer geistreichen und lachenden Gott der Erlanger Literaturwissenschaft. An jenen Wochenenden, in schöner fränkischer Landschaft, wurde Fußball gespielt, das ging noch an, trotz mancher Verletzungen des Rückgrats und der Knie, aber es wurden auch, und hier lag das Verhängnis, Pfänderspiele veranstaltet. Das eine Mal wurde beschlossen zu dichten, das andere Mal wurde festgelegt, Theaterstückchen zu spielen. Einmal galt es, Jean Pauls Roman »Siebenkäs« nachzuerzählen, jeder musste fortsetzen, was sein Nachbar angefangen und stehen gelassen hatte. Mein Gott, ich hatte den »Siebenkäs« noch nicht einmal gelesen! Eine Sünde, so dachte ich, in den Augen des Jean-Paul-Spezialisten Wölfel. (Johann Paul Friedrich Richters humoristischer Roman »Blumen-, Frucht- und Dornenstücke oder Ehestand, Tod und Hochzeit des Armenadvokaten F. St. Siebenkäs im Reichsmarktflecken Kuhschnappel« erzählt von der Eheschließung zwischen Firmian Stanislaus Siebenkäs und Lenette Egelkraut. Die putzwütige Braut kommt zwecks Eheschließung mit dem biederen Schulrat Stiefel aus Augsburg zum Armenadvokaten nach Kuhschnappel. Die Verheirateten streiten sich dann unentwegt, und schließlich kommt es zum Eklat. Eine Erbschaft wird nicht ausgezahlt, weil Siebenkäs, der eigentlich Leibgeber heißt, mit Leibgeber, der eigentlich Siebenkäs heißt und dem Freund zum Verwechseln ähnlich sieht, den Namen getauscht hat. Die Eheleute Siebenkäs – Lenette weiß nicht, ob sie nicht eigentlich Leibgeber heißt – verkehren schließlich nur mehr brieflich miteinander. Siebenkäs verliebt sich in die Verlobte Everard Rosa von Meyerns, Natalie mit Namen. Da schlägt Leibgeber seinem Freund vor zu sterben, das heißt, seinen Tod zu inszenieren. Es geschieht. Nach dem »Tod« Siebenkäsens ehelicht Lenette Schulrat Stiefel und wird schwanger. Doch Mutter und Kind sterben. Am Grabe gestehen Siebenkäs und Natalie einander ihre Liebe.) Selbst wenn ich den Roman gelesen gehabt hätte, hätte ich in der Aufregung – in diesem erlauchten Kreise mit Gott Wölfel und den Erzengeln Schlaffer und Schlüer – die Handlung völlig aus den Augen verloren und mich an keine Szene erinnern können. So aber war ich völlig ratlos, verzweifelt suchte ich nach einem Satz, den ich würde sagen können – und näher und näher rückte mir die Erzählung, näher und näher kam die Katastrophe, jeder erzählte ein Stückchen weiter, ich hatte nicht die Nerven, auf das zu achten, was da erzählt wurde. Wie weit waren sie, bei einem Leibgeber, wer soll denn das sein?, bei Briefverkehr, zwischen wem denn?, Schlaffer und Schlüer hatten sicherlich schon etwas Geiststarkes zum Besten gegeben, aber was nur, jetzt kam die Katastrophe zu meinem Nachbarn, der endete seine Story mit einem »und« – es kam mir nicht in den Sinn mich zu outen, fröhlich zu bekennen: Ich habe das nicht gelesen, das hätte die Todesstrafe bedeutet, das Höllenfeuer, ich musste voran, ich durfte nicht aufgeben – da schoss es aus mir heraus: »Und da traf Siebenkäs auf König Ludwig II. und … und … und … ich gebe weiter«.

Jetzt war alles vorbei. Oh Gott, in den Erdboden versinken! Aber das Spiel ging weiter … Lebe ich noch? Hat man mir die Verlegenheit und den roten Kopf angesehen? Oder hat man mich für einen grotesken surrealistischen Witzbold gehalten?

Aber das Schlimmste war schauspielen. Schauspielen, singen und öffentlich reden, das ist nun etwas, das ich absolut nicht kann. Und bei dem nächsten Wochenende traf mich wieder das Los. Ein Pfänderspiel. Einer würde ein Lied singen müssen. Oh Gott! Mein Pfand in ihrer Hand, wann würde es gezogen werden aus dem verfluchten Zauberhut? Ein Lied! Aber der Nächste sollte Theater spielen, eine sogenannte »Spröde« mimen. Das war der Lyrik der Anakreontik im 18. Jahrhundert entnommen. Die »Spröde« ist die Frau, die sich den Nachstellungen eines Verfolgers entzieht, aber doch erhascht werden möchte. In Christoph Martin Wielands Roman »Agathon« ist es Danae, die Daphne vor den Augen Agathons spielt, die sich dem Verfolger Apollo entzieht. Man griff in den Hut – und es traf mich. Jetzt musste ich, ein Sich-Weigern war eine Undenkbarkeit, man musste mitmachen, kein Pardon, die Angst vor dem Nicht-Mitmachen war noch größer als die Angst, jetzt schauspielen zu müssen. Ich war durch einen Bann gezwungen mitzumachen. Ich legte mich also – schon war ich in Schweiß gebadet – auf eine Couch oder auf den Boden und spielte die sich zierende Danae. In eine Kerbe schlug dieses Schauspiel, das mich Blut schwitzen ließ; die Kerbe rührte von einem Theaterspiel her, zu dem mich, den Vierzehnjährigen, der homosexuelle Religionslehrer Aumüller gezwungen hatte. Schon damals musste ich eine Frau, Henriette mit Namen, spielen. Genau in diese Kerbe schlug das Spiel der »Spröden«. Diese beiden Auftritte – jeweils in der

Larve einer Frau – waren die einzigen »Bühnenauftritte«, die ich erlebt und überlebt habe. Singen und schauspielen waren der Tod, der Tod bei lebendigem Leibe. Jean Paul hätte seine Freude gehabt.

Bahnhofsplatz

Der einstmals orangerote (und zuvor hässlich-grüne und noch früher braune) zierliche Schrank meines Großvaters stand jetzt in cremigem Lila im Wohnzimmer der schönen Altbauwohnung am Erlanger Bahnhofsplatz im zweiten Stock. Das Zimmer hatte einen winzigen runden Balkon zum Bahnhof hin und wurde – wie die anderen Räume – durch einen Ölofen beheizt, für den man die Ölkannen aus dem Keller hochschleppen musste.

Hartmut Schmidt und Ulrike Schmidt-Schladebach hatten Uschi und mich dazu überredet, eine Wohngemeinschaft (WG, so hieß das damals) zu gründen, und wir waren zusammen an den Bahnhofsplatz gezogen. Die meisten der hohen Räume waren durch große weiße Flügeltüren getrennt. Gleich am Eingang links lag eine kleine Kammer (in der später der »politisierte« Gärtner und danach die drogenabhängige hübsche weißblonde Heidi Lehmann eine Zeit lang hausten). Dann kam das große Zimmer mit Blick auf den Bahnhofsplatz, das Ulrike bewohnte, danach, hinter einer Flügeltür, befand sich Uschis und mein Gästezimmer. Wir hatten für 80 Mark einen dreiteiligen blau bemalten und mit rosa Blumen geschmückten Bauernschrank erstanden, der in einem Kuhstall dahingedämmert hatte. Ein Schmuckstück aus dem Jahr 1813 (dem Geburtsjahr Büchners, Hebbels und Wagners), wenn ich es richtig erinnere. (Einige Jahre später hatten die Leute das Kostbare solcher Schränke erkannt – oder waren einfach einer neuen Mode verfallen – und bezahlten 3000 Mark für solche Schränke.) Das »Gästebett« bestand aus einer niedrigen, eine Handbreit über dem Boden befindlichen Bohlenkonstruktion aus Holz und uralten dünnen Matratzen, die wir mit einem dunkelblauen Vorhangstoff überzogen hatten. Daran schloss sich unser sehr geräumiges Wohnzimmer an – mit dem Ölofen, einer flachen Couch ohne Rückenlehne (wie das um 1968 in WGs üblich war), einem wunderschönen weißen Schafwollteppich mit dicken Noppen, dem lila Großvaterschrank, einem von uns dunkellila lackierten Rollschrank vom Sperrmüll, einem altmodischen Liegestuhl ebenfalls vom Sperrmüll, selbst gebauten Bücherregalen aus Kiefernholz, einem Schreibtisch, auch selbst gebaut. Die Zimmerlampe bastelte ich aus zwei Pergamentbahnen, die zu zwei Zylindern zusammengerollt und mit je zwei Stricknadeln durchstochen und an den Enden mit weißen Styroporkugeln verziert waren. Im rechten Winkel schloss sich unser Schlafzimmer an – mit dem selbst gebauten niedrigen roten Eisenbett und einem riesigen orangefarbenen Leinenvorhang vor dem großen Fenster, das direkt auf den Bahnhof und die Geleise blickte. Hier war Ohropax nötig, denn die anhaltenden Transport- und Personenzüge gaben beim Abbremsen einen kreischenden, quietschenden Lärm von sich; der Schaffner rief zweimal »Erlangen, Erlangen«, das erste Mal die erste Silbe, das zweite Mal die zweite Silbe betonend. Im Anschluss an dieses Zimmer befand sich Hartmuts Studierstube, danach kam ein großes Wohnzimmer für Hartmut und Ulrike, alle mit Blick auf den Bahnhof. Schließlich das Bad, das wir komplett mit dunkelblauer Ölfarbe ausgemalt hatten, mit weißer Badewanne auf Stahlfüßen, und dann die geräumige Küche mit Blick auf die Ziegeldächer der Altstadt, im Sommer rosarot, im Winter weiß. Dann noch das WC und eine weitere Kammer. Das ergab insgesamt 11 Räume. Eine wunderschöne

Altbauwohnung zum Frei-Atmen. Der Flur, mit einem roten Sisalteppich ausgelegt, hatte eine Länge, die zum Rollschuhfahren ausreichte. Eine Schaukel brachten wir an und eine Garderoben-Fläche aus Lochplatten, die wir auf Distanzhülsen schraubten, sodass wir Fleischerhaken für die Kleiderbügel in die Löcher der Platten stecken konnten. In der Hoch-Zeit der Studentenbewegung wohnten hier aber auch diverse »Genossen«: Achim Giegel (später Soziologieprofessor in Marburg), Christa Perabo (die mit ihm nach Marburg ging), Alison Rooper (aus Hove bei Brighton, sie ging dann nach London), Michael Noe, Walter Kreiselmeier, Hermann Froschauer, Heidi Lehman, der »politisierte« Gärtner, dessen Namen ich vergessen habe. Angeregt durch die Lektüre des Buches der Kommune 2 veranstalteten wir Striptease-Abende. Hartmut und Ulrike hatten sich Partnertausch erwartet, aber daraus wurde nichts. Nicht alle Menschen oder Menschen-Konstellationen eigneten sich zur Nachahmung der Kommune 1 und 2.

Meine Zulassungsarbeit zu Gottscheds Epos- und Romanpoetik hatte ich in der Gerhart-Hauptmann-Straße geschrieben, am Schreibtisch des Wohnzimmers am Bahnhofsplatz begann ich jetzt meine Dissertation zur Epos- und Romantheorie von Gottsched bis Hegel.

Uschi arbeitete noch immer im Keller der Frauenklinik, aber die bei uns ungefähr 1966 beginnende und 1967 eskalierende Studentenbewegung brachte sie mehr und mehr unter Druck. Sie befürchtete, den Anschluss zu verlieren und sich in einem unpolitischen und unproduktiven Beruf zu verausgaben.

Mein Einstieg in die Politik war kurios; obwohl ich doch die linke Zeitschrift *konkret* und Enzensbergers politische Gedichte in »verteidigung der wölfe« und »landessprache«

gelesen hatte und auch durch die aufputschenden politischen Kommentare des Zeichenlehrers Gottfried Herrmann politisiert und zum »zornigen jungen Mann« geworden war, kümmerte ich mich wenig um die parlamentarischen Parteien und die Hochschulpolitik. Wie kam es zum Umdenken, zum Einstieg in die Politik?

SDS

Millander oder Müller-Millander, geborener Müller, war eine Art Onkel der Familie, das heißt, ein guter Freund der Eltern, der wie diese aus Reichenberg im Sudetenland stammte. Millander, »Onkel Erich«, kam gelegentlich nach Füssen zu Besuch. Er setzte sich immer sofort ans Klavier in der Wohnküche und spielte Schlager. Er hatte auch eine Schallplatte produziert, eine Single, mit einem von ihm komponierten Schlager. »Rin-tin-tin« spielte er, das war entweder das selbst komponierte Stück oder ein anderer volkstümlicher Ohrwurm. Was Millander arbeitete, das wusste man nicht. Von seiner Single konnte er sicher nicht leben. Als die Familie dann in die Kaiserstraße 6 in Fürth, an den Westrand der Stadt, übersiedelt war, kam Millander auch noch gelegentlich zu Besuch. Er hatte ein drittes Mal geheiratet – und zwar ein und dieselbe Frau. Sein Sohn Manfred hat sich in jener Zeit das Leben genommen, man fand ihn in einem Liegestuhl im Keller der Wohnung in München Bogenhausen. Ungefähr zur gleichen Zeit hat sich Ingrid Lange mit ihren zwei Kindern vor einen Zug geworfen. Auch sie war die Tochter eines ›Onkels‹ und einer ›Tante‹ aus der alten Heimat, die Tochter von Karl und Hilde Lange. (Von den Selbstmördern, die aus Schlesien oder dem Sudetenland stammten, wären noch der Klassenkamerad Oswin Wittek zu nennen sowie der Schulfreund Werner Lichtenberg. Das sind doch alles Kriegsfolgen, oder?)

Eines Tages fragte mich Millander, als er vom Klavier aufstand, ob ich mir ein bisschen Geld verdienen wolle. Er kenne da jemanden aus dem Innenministerium in München, und der hätte gerne Berichte über die Situation der Studentenschaft, insbesondere die der ausländischen Studenten. (Von »Studentinnen« zu sprechen oder von »StudentInnen« zu schreiben entsprach der damaligen Sprachregelung noch nicht.) Natürlich stimmte ich, angesichts des minimalen Gehalts meines Vaters, der als subalterner Wolleeinkäufer bei Schickedanz – dem »Quelleversand« – arbeitete, sofort zu. Damit begann das »Kuriose«. Ob ich mich mit dem Mann aus dem Ministerium treffen wolle? So wurde ein Treffen im Café mit dem großen runden Panoramafenster, das bei der Bahnunterführung neben dem Fürther Bahnhof lag, vereinbart. Es war das Café, in dem ich gelegentlich mit dem Mathematiker und Dichter Walther L. Fischer (der in Füssen mein Physiklehrer gewesen war und der Ezra Pound auf der Brunnenburg bei Meran besucht hatte) zusammenkam. Fischers Gedichte bestanden aus einem Natur-Haiku und ein, zwei mathematischen Formeln. Es können auch Zeilen aus der chinesischen Lyrik gewesen sein, denn Fischer studierte nebenher das Altchinesische. Zwei Männer erschienen zu dem Treffen im Café, ein hochgewachsener schlanker und ein robuster, stämmiger mit Narben und Schnitten im Gesicht. Der Schlanke nahm nur stumm an der Unterhaltung teil. Mir war unwohl zwischen den beiden, aber der ›Onkel‹ garantierte ja, dass es sich um ein lauteres Geschäft handeln und alles mit rechten Dingen zugehen würde. Der Mann mit dem Narbengesicht stellte sich als Joachim Neralt vor, gab mir einen Vorschuss und bat mich, auf dem Schwarzen Brett in der Studentenmensa nach Vereinstreffen zu schauen, mich mit persischen Studenten zu verständigen und mich über deren Lage zu informieren. So erfuhr ich von der goldenen Badewanne des Schahs Reza Pahlavi von Persien (wie der Iran damals hieß). Die persischen Studenten machten einen freundlichen Eindruck, schienen aber über die Armut in ihrem Land und die Macht des Schahs erzürnt und aufgebracht zu sein. (Von der »Konföderation iranischer Studenten« und ihrer politischen – Schah-kritischen – Ausrichtung erfuhr ich dann erst 1967 anlässlich des Besuches des Schahs in der Bundesrepublik.) Nachdem ich einmal mit einem Perser ein Treffen vereinbart hatte und ihn auf den Stufen zur Mensa traf, schrie er mich wütend an. Ich war völlig verdutzt, ich hatte ihm nichts getan. Was war vorgefallen? Welche Gründe motivierten seine Aggression? Ich wusste es nicht.

Ich hatte mir im ersten Semester mit Hilfe einer gedruckten Anleitung das Schreiben mit der Schreibmaschine nach dem Zehnfingersystem angeeignet, so verfasste ich meine Berichte nicht in Handschrift; ich übermittelte Typoskripte an Joachim Neralt. Die Geldübergabe fand immer im Café beim Hauptbahnhof Fürth statt. Der schlanke Lange erschien nicht mehr. Zunehmend steigerte sich mein Widerwillen gegen diesen Neralt mit den Narben und Schnitten. Er machte den Eindruck eines groben Zuhälters, und ich war mir mit der Zeit sicher, dass er bei der SA oder SS gewesen sein musste.

Durch meinen Englandaufenthalt konnte ich den Klauen Joachim Neralts schließlich entrinnen.

Als ich aber im Herbst 1966 wieder in Fürth landete und das Wintersemester begann, überredete mich der ›Onkel‹ noch einmal dazu, mich mit Neralt zu treffen. Ich hatte Geld bitter nötig; ich hatte geheiratet und eine kleine – aber für mich kostspielige – Wohnung bezogen. Neralt versuchte mich zu überreden, meine Berichte wieder aufzunehmen. Wir trafen uns jetzt im Café Mengin am Schlossplatz in Erlangen. Ich sollte nun einer politischen Gruppe beitreten. Zuerst stellte er mir die Wahl: links oder rechts. Ich entschied mich für links, denn Ableger der rechtsradikalen NPD waren mir unheimlich. (Die KPD war 1956 verboten worden. Die NPD war zugelassen. Klar!) Meine Wahl gefiel Neralt nicht. Er legte mir dann aber nahe, zu einer Gründungsveranstaltung einer linken Gruppe zu gehen – und die dortige »Stimmung« zu erkunden. Zunächst versuchte er mir aber nochmals einzureden, ich solle doch in eine rechte Gruppe eintreten, es sei wichtig, deren Absichten herauszufinden. Schließlich kam er mit einem bemerkenswerten Vorschlag: Es sei in Erlangen noch keine rechte Gruppe tätig, das Beste wäre, wenn ich selbst zu einer Gruppengründung einladen würde. Jetzt wachte ich langsam auf. Ich hatte doch Enzensbergers Gedichte und *konkret* gelesen, aber war, realpolitisch gesehen, eine Null, ich war blauäugig – hatte noch niemals etwas von »Verfassungsschutz« gehört. Allmählich dämmerte mir aber, in welche Situation mich der gute ›Onkel‹ aus Reichenberg gebracht hatte. Ich hatte unterschreiben müssen, dass alles, was ich beschrieb und was ich tat, der Schweigepflicht unterworfen sein müsse. Wie konnte ich nun dieser Gefangenschaft entfliehen? Jedenfalls musste Neralt resignierend akzeptieren, dass ich keine rechte Gruppe gründen würde. Aber ich solle doch wenigstens eine linke Gruppe beobachten. (Erst Jahrzehnte später las ich im Internet einen Bericht der »Schwarzen Katze« über die zahlreichen Versuche des Verfassungsschutzes, NPD-nahe Gruppen nicht nur zu bespitzeln, sondern auch zu g r ü n d e n – mit dem Vorwand, sie so besser beobachten zu können. Damit die CDU/CSU nicht als rechts außen erschien? Damit der rechte Flügel stärker würde?)

Also eine linke Gruppe. Das war das Richtige. Ich ging zur Gründungsveranstaltung einer Handvoll Studenten, die dabei waren, sich als »SDS«, Sozialistischer Deutscher Studentenbund, zu formieren. Ich war ahnungslos; aber die anderen konnten wahrscheinlich auf Informationen aus Berlin zurückgreifen, denn aus dem Nichts hatten sie sich wohl nicht zusammengefunden. Wir trafen uns im winzigen Nebenraum eines Gasthauses im Zentrum Erlangens. Es waren ungefähr 10 Studenten anwesend. An einige Teilnehmer kann ich mich erinnern, die Namen Karl Held, Robert Kurz und Ernst Klett (der immer klar den »Standpunkt der Arbeiterklasse« vertrat, vielleicht aus einem aufrechten sozialistischen oder kommunistischen Elternhaus kam) blieben mir geläufig; eine Antje Finger war mit in der Gruppe, auch an einen Mergentheimer oder Mergenthaler kann ich mich erinnern. Doch das oben genannte Trio war tonangebend. Der winzige Nebenraum im Gasthaus war gerammelt voll, Schwaden von Zigarettenrauch hingen in der Luft. Man würde, so plante man, Demonstrationen und sogenannte Teach-Ins veranstalten, Flugblätter verteilen, agitieren und rekrutieren. Aber, so betonten Karl Held und Robert Kurz, man stehe auf dem Boden des »Grundgesetzes« und würde keinerlei illegale, dem »Grundgesetz« zuwiderlaufende Aktionen starten. Das schrieb sich mir eisern ins Gedächtnis – und in meinem ersten Bericht und den weiteren Protokollen betonte ich diesen Umstand mit gebührlicher Emphase und jedes Mal aufs Neue. Ich hatte einen Weg aus dem Dilemma gefunden. Diskussionen zu den drohenden »Notstandsgesetzen« (die die Aufhebung von Grundrechten im Notstandsfall ermöglichen sollten) und zum Krieg in Vietnam, den die Amerikaner auf immer brutalere Weise – zum Beispiel mit der teuflischen Brandwaffe

»Napalm« – führten, beherrschten die Themen und Planungen. Aber was sollte dieses Häuflein von 10 Gerechten, dachte ich mir, schon ausrichten? Dass der SDS Erlangen bald stark anschwellen und schließlich an die fünfzig Aktive und Sympathisanten umfassen würde, konnte ich mir nicht vorstellen. Ernst schlug Flugblattaktionen vor Nürnberger Fabriken vor; nicht die Studentenschaft, die ihren bürgerlichen Standpunkt nie vollkommen verlassen würde, sondern die Arbeiterschaft sei die revolutionäre Klasse. Schon damals hätte ein Hellseher ahnen können, dass es einmal zu einer Spaltung kommen würde. (Schließlich ging der SDS in eine MG, Marxistische Gruppe, über, die sich dann in die MG-Theoriefraktion und die MG-Praxisfraktion teilte.) In meinen Berichten betonte ich immer wieder das Festhalten am »Grundgesetz« und gab die klugen und komplizierten Diskussionen wieder, von denen ich viel lernte. Neralt pflegte regelmäßig darum zu ersuchen, ich solle die »Stimmung« wiedergeben und weniger die »Spitzfindigkeiten«. So erzählte ich wiederholt vom Zigarettenrauchen und Biertrinken, von heftigen Debatten und letztlichem Konsens. Einmal fragte Antje Finger, die irgendwie nicht richtig in die Gruppe passte, ob wir uns einmal (in unserer verräucherten Kammer) filmen lassen würden. Alle stimmten zu. Es handle sich um eine Forschergruppe der CIA, die sich über die Lage der Studenten in der BRD informieren wolle. Jetzt war ich, dem ja schon allmählich ein Licht aufgegangen war, verdutzt. Keiner fand ein Wort des Widerspruchs, keiner wusste etwas über diese CIA zu sagen. Niemand fragte, wo denn Antje Finger eigentlich stand. Weshalb hatten die Wortführer – Held und Kurz – nichts eingewandt, nichts über die CIA zu sagen gewusst? Die hatten doch mehr Erfahrung als ich, so schien mir. Es war und blieb mir ein Rätsel. Ich war doch realpolitisch unbedarft, die anderen zweifellos nicht. Weshalb dann diese Naivität gegenüber dem amerikanischen Geheimdienst?

Tatsächlich kam das CIA-Kamera-Team eines Tages zu einer unserer Sitzungen. Wir sollten uns in dem winzigen Zimmer in eine Ecke drängen, damit wir alle ins Bild kämen. Und das taten wir Idioten: Wir saßen und standen in der Ecke, auf den Stühlen, auf dem Tisch, Antje Finger an oberster Stelle. Und die Kamera musste die dicken Rauchschwaden durchdringen, sodass der Verfassungsschutz – waren die Kamera-Leute überhaupt von der CIA? – uns alle schön im Bild hatte; denn der Verfassungsschutz dürfte zumindest Zugang zum Material gehabt haben, falls die angebliche CIA nicht selbst aus deutschen Verfassungsschützern bestand. Die wussten offenbar schon, dass es eines Tages eine RAF, eine Rote-Armee-Fraktion, geben würde. Die Schützer: Rechtsradikale mit Demokratielarve. Robust.

Aus der kleinen Gruppe der zwölf Apostel war bald eine größere Gruppe geworden. Schließlich gesellten sich auch Größen wie Heinz Schlaffer, Gisbert Ter-Nedden, Arnhelm Neusüß, Christel Neusüß, Ulrich Krause und Elmar Altvater zur Gruppe. Das waren eigentlich nicht Studenten (SDS!), sondern Assistenten; naja, noch Auszubildende, künftige Professoren.

Gleichzeitig entstand die APO, die Außerparlamentarische Opposition, die sich vom Parlamentarismus nicht viel erhoffte und den Protest gewissermaßen in die außerstudentische Bevölkerung ausdehnte. Aber andererseits war die APO schon älter und wie die Zeitschrift *konkret* (mit Ulrike Meinhof) im Rahmen der Ban-the-Bomb-Bewegung (Kampf dem Atomtod) und der sogenannten Ostermärsche bereits um 1960 entstanden. *Konkret* erschien erstmals 1957 (ab1960 bezog ich diese auf grobem Papier gedruckte kritische DIN-A3-Zeitschrift). In Erlangen wurde der »Republikanische Club« gegründet, in dem die stärker Etablierten versammelt waren; auch mein Chef, Kurt Wölfel, war Mitglied. Ich denke, auch der Politologe Kurt Lenk und der Amerikanist Hans-Joachim Lang gehörten dem Club an.

Der Erlanger SDS wurde berühmt durch seine Verulkung der »Gruppe 47« im Jahre 1967. Mit Transparenten und Sprechchören zogen wir zur oberfränkischen Pulvermühle, wo die Gruppe tagte – zum letzten Mal. Transparente wie »Die Gruppe 47 ist ein Papiertiger« spalteten die Gruppe 47 in Erboste und Verärgerte einerseits und zur Diskussion Bereite andererseits. Martin Walser war aufgeschlossen und unterhielt sich mit uns.

Irgendwann habe ich Neralt gesagt, ich müsse meine Zulassungsarbeit bzw. Staatsarbeit fertigstellen und mich jetzt auf das Staatsexamen vorbereiten (das ich dann im Sommer 1968 absolvierte) und könne keine Berichte mehr schreiben. Er war auch schon seit Längerem nicht mehr zufrieden gewesen mit meinen Darstellungen, die unentwegt den demokratischen Standpunkt des SDS hervorkehrten und die klugen Diskussionen detailgetreu wiedergaben. Neralt hatte sicher nur auf einen Ausrutscher gelauert. Jedenfalls konnte ich nun unbeschwert an den Treffen und den Demonstrationen teilnehmen. Wir hatten beschlossen, das Buch von Horlemann und Gäng über Vietnam und Bahman Nirumands Persien-Darstellung zu lesen. (Horlemann wurde dann zu einem Jahr Gefängnis verurteilt.) Das Unrecht eines neokolonialistischen oder besser: imperialistischen Kampfes der Amerikaner für Südvietnam und gegen Ho-Chi-Minhs Nordvietnam und den Vietcong war für uns offensichtlich, sodass wir die Demonstrationen engagiert planten und durchführten. Der Zug führte durch Erlangen, immer wieder gab es Phasen, in denen wir durch die Straßen galoppierten und im Chor riefen: »Ho-ho-ho-Chi-Minh, Ho-ho-ho-Chi-Minh.« Ich schrie mit, obwohl mir die Parteilichkeit des Rufes nicht ganz geheuer war. Weil ich Angst vor einer Strafe hatte? Vor dem »Radikalenerlass«? Mit »Ami go home« wäre ich eher einverstanden gewesen. Ich ›kämpfte‹ mit, obwohl ich keine Hoffnung hatte, irgendetwas bewegen zu können. Gegen Großkapital, Militär und Politik. Dass der weltweite Protest (von dem ich allerdings im kleinen Erlangen wenig mitbekam) die Sachlage ändern würde, davon konnte ich nur träumen. Selbst der mehr und mehr anschwellende Protest ist doch letztlich, dachte ich dann, ohnmächtig gegenüber dem ungeheuer mächtigen Militär, den Rüstungsfirmen, den Riesenkonzernen, den Handlangern in der Politik. Aussichtsreicher erschienen mir die Proteste gegen die geplante Notstandgesetzgebung (für »Katastrophen«, hahaha, Bürgerkrieg und Krieg). Ein solches Ermächtigungsgesetz musste doch, da es fatal an 1933 und die Herrschaft Hitlers erinnerte, zu Fall zu bringen sein. Denkste. Hatte das Schuldgefühl der Deutschen jetzt völlig aufgehört? War es überhaupt je vorhanden gewesen? Wahrscheinlich hatte es in Wirklichkeit nur die junge Generation, die Generation der Töchter und Söhne des Dritten Reiches erfasst, die Schuldlosen. Wie paradox! In den Diskussionen mit der Bevölkerung, die sich am Rande der Demonstrationen ergaben, verging mir bald die Hoffnung. Immer wurde uns nur entgegengehalten »Geht doch nach drüben« (ins kommunistische Ostdeutschland), »Ihr macht die Demokratie kaputt«, »Uns geht es doch gut«, »Ihr seid ja Terroristen wie die Nazis«. Rot gleich Braun, das war die Gleichung. Dass Rot andere Ziele verfolgte – Gerechtigkeit, Abschaffung der Gewalt und alles Autoritären, Gleichheit –, das ging in die Köpfe der Arbeiter und Angestellten nicht hinein. Das waren alles keine Diskussionen, das war nur ein Aufeinanderprallen der Standpunkte. Wir, die illusionären Utopisten, sie, die Vertreter des Status Quo und der BILD-Zeitung. Da ich – wie vielleicht auch die meisten »Genossen« – nichts von Stalins Konzentrationslagern und der Staatssicherheit »drüben« wusste, stand ich der DDR wohlwollend gegenüber, wenngleich ich wegen der angeblichen Gleichmacherei nicht nach »drüben« gehen wollte. Wussten denn meine Diskussionsgegner mehr als ich? Hatten sie eine Ahnung von der Staatssicherheit? Hatten Adenauer und Franz Josef Strauß mehr gewusst? Waren sie, die für uns Teufel waren, weil sie die Wiederbewaffnung betrieben und Atomwaffen befürwortet hatten, wirklich besser informiert? Waren sie die besseren Strategen – oder nur tolldreiste Hasardeure? Die einen Atomkrieg riskierten? Waren wir, die »Politisierten«, die Naiven und Lackierten gewesen? Und die Arbeiter die revolutionäre Klasse? Sie erschien mir als die reaktionäre Klasse: borniert, konsumorientiert, unpolitisch, irrational aggressiv, kleinbürgerlich, spießbürgerlicher Kunstgeschmack … Genau wie in Enzensbergers Gedichten beschrieben:

… feig,/ scheuend die mühsal der wahrheit,/ dem lernen abgeneigt, das denken/ überantwortend den wölfen,/ der nasenring euer teuerster schmuck,/ keine täuschung zu dumm … ihr lämmer – wer schwimmt … durch diese kochende lache/ aus bockbier und blut? – schwerer/ bist du zu ertragen, niemand/ im windigen trenchcoat, bohrer,/

kleinbürger, büttel, assessor, stift … jeder nasführung aus-/ geliefert, ein hut voll mutlosen winds,/eigener handschellen schmied.

Und andererseits die Sicht im kommunistischen Ostdeutschland: Waren Kafka, Beckett, Proust unpolitisch? »Dekadent«? Waren dagegen die Helden der Arbeit »drüben« wirklich Helden und nicht Knechte? Was war so heldenhaft am Malochen? Meine Idole – Beckett oder auch Lorca und Ungaretti – waren doch eminent politisch, obwohl sie das mit keinem einzigen Wort explizit verrieten. Es waren aber vermutlich mehr die Angestellten als die Arbeiter, die auf den Straßen mit uns diskutierten und uns zum Teufel wünschten. Waren sie das neue Proletariat? Die »Genossen« interpretierten die kulturell kleinbürgerlichen Angestellten als Kleinbürger, als schwankende Klasse, auf die kein Verlass sei. Wo war das revolutionäre Subjekt? Rebellisch waren nur die Studenten. Wie würde Marx nun die neue Klassen- oder Schichtenzusammensetzung beurteilen? Die Masse der Angestellten im Dienstleistungssektor hatte enorm zugenommen. Man hatte nur Lenin und die »Klassiker des Marxismus« als Gewährsmänner und keine Analysen der Gegenwart.

Ernst Klett und Gerd Schnepel machten einen linken Buchladen auf; er lag gegenüber dem neuen Universitätsgebäude in der Bismarckstraße. Hier fand man die blauen MEW-Bände (mit den Werken von Marx und Engels), Bücher von Lenin, die »Klassiker«, Wirtschaftsgeschichte, Geschichte der Arbeiterbewegung, die »Rote Bibel« Mao Tse-tungs. Später kamen auch Raubdrucke der Werke von Jürgen Habermas, Herbert Marcuse und Theodor Wiesengrund Adorno sowie Max Horkheimer auf den Büchertisch am Eingang zum »Politladen«. Zuletzt auch der aus dem Französischen übersetzte »Anti-Ödipus« von Gilles Deleuze und Félix Guattari.

Die stärkste Politisierung der Studentenschaft (deren Vertretung, der AStA, der Allgemeine Studentenausschuss, ebenfalls erstarkt war) führte, wie jeder Beteiligte weiß, zur Ermordung des Studenten Benno Ohnesorg – anlässlich des Besuchs des Schahs von Persien, Reza Pahlavis, und seiner Frau Farah (geborener Farah Diba), 1967 in Berlin. (Der Schah hatte seine zweite – sehr schöne – Frau Soraya, deren Fotos lange Zeit die Blätter der Boulevardpresse geschmückt hatten, verstoßen, weil sie ihm keinen Erben gebar.)

Am 2. Juni 1967 besuchte der Schah für einen Tag West-Berlin. Im Schöneberger Rathaus sollte sich der Mann mit der goldenen Badewanne in das Goldene Buch der Stadt eintragen. Bei seiner Ankunft demonstrierten dort zwischen 400 und 1000 seiner Gegner, riefen »Mörder, Mörder« und forderten Amnestie für politische Gefangene in Persien. Die Polizei hatte den Schah-Anhängern einen mit Sperrgeländern abgetrennten Streifen zwischen Rathaus und Demonstranten zugewiesen. Nachdem der Schah das Rathaus betreten hatte, griffen seine Anhänger die Demonstranten mit Holzlatten, Knüppeln und Stahlrohren an und verletzten Dutzende von ihnen, einige schwer. Polizisten schauten zu, ohne einzugreifen und Schläger festzunehmen; nach etwa fünf Minuten begannen sie jedoch Demonstranten zu arretieren. Dem Regierenden Bürgermeister Heinrich Albertz versprach die Polizei danach, die Schah-Anhänger abends von den Studenten fernzuhalten. Unter diesen »Jubelpersern« wurden auch Agenten des persischen Geheimdienstes SAVAK vermutet. Albertz war im Nachhinein von dessen

Mitverantwortung für die Gewalttaten überzeugt und hielt es für möglich, dass das Auswärtige Amt und der Bundesnachrichtendienst von der Einreise der »Schlägertruppen« gewusst hatten. Wegen dieser Vorfälle, über die der Rundfunksender RIAS live berichtete, beschlossen viele, abends erneut gegen den Schah zu demonstrieren. Darunter waren Christa und Benno Ohnesorg, die ein Spruchband mit der Aufschrift »Autonomie für die Teheraner Universität« anfertigten. Am Abend des 2. Juni besuchte das Kaiserpaar eine Galaaufführung der »Zauberflöte« in der Deutschen Oper. Die Polizei hatte davor Absperrgitter postiert. Es sammelten sich etwa 2000 Demonstranten und Schaulustige. Der um 18:30 Uhr ausgegebene Räumungsbefehl erreichte den Einsatzleiter vor der Oper erst um 19:00 Uhr und wurde nicht umgesetzt, weil die Menge inzwischen zu groß geworden war und bis zum Eintreffen der Staatsgäste nicht mehr aufgelöst werden konnte. Daraufhin erhielt der Einsatzleiter um 19:50 Uhr den Befehl zur Räumung des Opernvorplatzes während der dreieinhalbstündigen Opernvorstellung. Gegen 20:00 Uhr trafen die Wagenkolonne des Schahs und zwei städtische Busse mit persischen Schah-Anhängern ein. Sie wurden zwischen Polizeigürtel und Demonstranten postiert. Diese riefen, als die Staatsgäste die Oper betreten wollten, in Sprechchören »Schah, Schah, Scharlatan«, »Schah-SS-SA« und »Mo, Mo, Mossadegh« (um an den vom Schah gestürzten und arretierten ehemaligen persischen Regierungschef zu erinnern). Einige warfen Farbbeutel, Mehltüten, Eier, Tomaten und Rauchkerzen, die die 40 Meter entfernten Opernbesucher jedoch nicht trafen. Steine wurden laut späteren Aussagen mehrerer direkter Augenzeugen nicht geworfen. Nachdem der Schah und seine prominenten Begleiter, darunter der Bundespräsident, im Opernhaus verschwunden waren, wollten die Demonstranten den Platz verlassen. Christa und Benno Ohnesorg bewegten sich zum östlichen Ende der Absperrung an der Ecke Krumme Straße/Bismarckstraße. Zugleich formierten sich die Polizeibeamten in Höhe des Operneingangs mit gezogenen Schlagstöcken. Die Schah-Anhänger schlugen erneut mit Dachlatten, Holzknüppeln, Schlagringen und Eisenstangen auf die Demonstranten ein. Da keine Flucht möglich war, brach Panik aus. Wieder wurden viele Beobachter verletzt, ohne dass die Polizei eingriff. Sie ließ die Schläger nach einer Weile durch eine nahe gelegene U-Bahn-Station abziehen und blockierte dann diesen Ausgang für die Demonstranten. Nach Zeugenaussagen erfolgte über einen Lautsprecherwagen etwa um 20:05 Uhr die Durchsage, Demonstranten hätten einen Polizisten erstochen. Die Polizisten kündigten den Studenten den Schlagstockeinsatz an. Die Demonstranten im mittleren Bereich setzten sich spontan auf die Straße, wurden aber nun von allen Seiten attackiert. Viele Anwesende gaben an, dass die Polizei erst gegen 20:25 Uhr zum Verlassen des Platzes aufforderte. Da sie auch das Gelände hinter einem Bauzaun besetzt hatte und Fliehende mit Polizeihunden wieder in den Kessel zurückdrängte, war ein Ausweichen kaum möglich. Studenten, die über die Sperrgitter kletterten, wurden zurückgeworfen und geprügelt. Weitere Beamte schlugen auf die Fliehenden am Rande des Kessels ein und setzten Wasserwerfer und Tränengas gegen sie ein. Zur Festnahme vermeintlicher Rädelsführer (dieses Verfahren wurde von der Polizei »Fuchsjagd« genannt) verfolgten Greiftrupps in Zivilkleidung fliehende Demonstranten bis in Nebenstraßen und Hauseingänge. Zu einer solchen Truppe gehörte Karl-Heinz Kurras, der sich zuvor unter die Demonstranten gemischt hatte. Ohnesorg trug an diesem Abend ein hellrotes Hemd und Sandalen, woran Zeugen ihn später identifizierten. Er sah, wie mehrere Zivilbeamte einen Mann in einen Häuserinnenhof in der Krumme Straße (300 Meter von der Oper entfernt!) zerrten. Um zu beobachten, was mit ihm geschah, folgte er ihnen und trennte sich an der Kreuzung Krumme Straße/Schillerstraße von seinen Begleitern. Im Hinterhof stellten mindestens zehn zivile und uniformierte Polizisten etwa zehn Personen und begannen auf sie einzuschlagen. Ein Student wurde am Boden liegend von drei Beamten verprügelt und getreten. Die übrigen Studenten versuchten aus dem Innenhof zu fliehen. Ohnesorg stand wenige Meter entfernt und schaute zu. Nach Aussage eines Zeugen, der die Szene, auf einer Mülltonne am Hofrand stehend, beobachtete, trieb die Polizei dann alle Umstehenden hinaus; nur Ohnesorg habe sich noch im Hof befunden. Der Vorgesetzte von Kurras bezeugte später, Ohnesorg habe zu fliehen versucht, woraufhin Polizisten ihm den Weg abgeschnitten hätten. Eine Frau sah, dass drei Polizisten Ohnesorg verprügelten. Darauf habe er seine Hände halb erhoben: Sie habe dies als Zeichen der Ergebung und Beschwichtigung gedeutet. Etwa um 20:30 Uhr fiel ein Schuss, der Ohnesorg aus etwa eineinhalb Metern Entfernung in den Hinterkopf traf. Ein Student sagte später aus, er habe das Mündungsfeuer einer Pistole »ungefähr in Kopfhöhe« und gleich darauf den Fall des Getroffenen gesehen. Zeugen hatten einen Ausruf gehört: »Bitte, bitte, nicht schießen!« Ein Tonband dokumentiert ein Schussgeräusch, gleich darauf einsetzende »Mörder, Mörder!«-Rufe in der Krumme Straße und den von einer männlichen Person gesprochenen Befehl: »Kurras, gleich nach hinten!« Auf zwei Fotos von Journalisten ist Kurras allein stehend und unbedrängt im sauberen Anzug zu sehen. Eine von der Bundesanwaltschaft später veranlasste Überprüfung von damaligem Foto- und Filmmaterial bestätigte, dass Kurras unbedrängt und gezielt auf Ohnesorg schoss und dies von Polizeikollegen, darunter dem Einsatzleiter Helmut Starke, aus nächster Nähe beobachtet wurde. Eine Frau drehte Ohnesorg auf den Rücken und stützte seinen blutenden Kopf, wie ein berühmt gewordenes Foto dokumentiert. Anwesende Polizisten weigerten sich zunächst, einen Krankenwagen zu rufen. Gegen 20:50 Uhr traf schließlich ein Krankenwagen ein. Die Fahrt ins Krankenhaus dauerte geschätzte 45 Minuten, da das zunächst angefahrene Albrecht-Achilles-Krankenhaus und auch die Westendklinik angaben, keine Betten für Verletzte mehr frei zu haben. Die Begleiter, ein Sanitäter und eine selbst ebenfalls verletzte Krankenschwester, versuchten während der Fahrt Ohnesorgs Leben zu retten. Nach Aussage der Schwester starb er in ihrem Beisein auf dem Transport. Gegen 21:35 Uhr erreichte der Wagen das Krankenhaus Moabit. Ein Arzt untersuchte Ohnesorg kurz und schrie die Sanitäter an, weshalb sie ihm einen Toten gebracht hätten. Laut Krankenhausakte trat Ohnesorgs Tod jedoch erst um 22:55 Uhr ein; als Todesursache wurde »Schädelbasisbruch« angegeben. Die Obduktion wurde am 3. Juni vormittags vorgenommen. Der obduzierende Arzt fand Prellungen und Hämatome am ganzen Körper. Als Todesursache stellte er einen »Gehirnsteckschuss« fest. Ein sechs mal vier Zentimeter großes Knochenstück der Schädeldecke mit dem Einschussloch war herausgesägt und die Kopfhaut darüber zugenäht worden. Der anwesende Rechtsanwalt Horst Mahler, damals SDS-Mitglied, deutete diesen Befund als Versuch, die wahre Todesursache zu vertuschen.

Im späteren F r e i s p r u c h für Kurras wurde die Vermutung geäußert, Ohnesorg sei sehr wahrscheinlich nach dem Schuss noch verprügelt worden.

Natürlich war uns klar, dass die Presse die Studenten und den SDS verleumden und die Ereignisse falsch darstellen würde. Prompt geschah das auch. Die Tat Kurras' wurde – vor allem in der sich faschistisch gebärdenden BILD-Zeitung – als Notwehr hingestellt, die Studenten, die nach »drüben« gehen sollten, wurden als die Angreifer hingestellt, als Krakeeler, Rowdys, Schläger. Jeder von uns konnte sich diese »Notwehr« vorstellen, einen – vielleicht – mit einem Ei oder einem Farbbeutel »bewaffneten« Ohnesorg, der verprügelt und – auf dem Bauch liegend oder stehend – in den Hinterkopf geschossen wird. Die demokratische Ordnung sei gerettet worden, so sagte man, und noch Jahrzehnte später konnte man diese Bewertung hören, die sich teilweise bis heute gehalten hat. Vor den roten Schlägern hätten sich das Grundgesetz und die Demokratie bewiesen und bewährt. Vielleicht traf dies auf die Bekämpfung der militanten Untergrundbewegung RAF, der Roten-Armee-Fraktion mit Andreas Baader und Ulrike Meinhof, zu, aber sicher nicht auf die Jahre der Studentenrevolte (vom Mord an Benno Ohnesorg bis zum Attentat auf Rudi Dutschke). »Polizeistaat« schrien die Studenten damals, »Demokratie« die Presse und die Bevölkerung. Die Presse, allen voran die BILD-Zeitung, hetzte mit blanken Unwahrheiten gegen die Studenten, gegen Ohnesorg, gegen Rudi Dutschke; und die Polizei folgte ihren Parolen. Wir sahen Ausschnitte der Ereignisse und ihre (erst später klargestellten) Verfälschungen im Fernsehen; die Medien waren ein zweischneidiges Schwert: Sie wiegelten die Bevölkerung gegen die Studenten auf, diese jedoch solidarisierten sich mit den Opfern der Gewalttaten, die ja aufgrund der Filmaufnahmen nicht völlig zu verschleiern waren.

Ein knappes Jahr verging. Am 11. April 1968 schoss der junge Hilfsarbeiter Josef Bachmann vor dem SDS-Büro am West-Berliner Kurfürstendamm dreimal auf Rudi Dutschke. Er traf ihn zweimal in den Kopf, einmal in die linke Schulter. Dutschke erlitt lebensgefährliche Gehirnverletzungen und überlebte nur knapp nach einer mehrstündigen Operation. Bachmann hatte Ausschnitte aus der *Deutschen National-Zeitung* bei sich, darunter die Titelzeile »Stoppt den roten Rudi jetzt« und Fotos von Dutschke. In seiner Wohnung hing ein selbst gemaltes Porträt Adolf Hitlers. Man vermutete daher rechtsextreme Motive eines Einzeltäters hinter dem Attentat. Bachmann hatte seit 1961 Kontakte zu Neonazis in Peine. Von ihnen hatte er die Tatwaffe gekauft, er hatte an ihren Schießübungen teilgenommen und bereits zuvor hatte die Gruppe ein Attentat auf Walter Ulbricht ins Auge gefasst. Diese Hintergründe, die erst 2009 aus Unterlagen der DDR-Staatssicherheit und der West-Berliner Polizei öffentlich bekannt wurden, hatte Bachmann bei seiner Vernehmung indes offen eingestanden. Ob Bachmann das Attentat zusammen mit anderen geplant haben könnte, wurde jedoch nicht ermittelt. War Bachmann vom MAD, dem Militärischen Abschirmdienst, oder vom Verfassungsschutz? War er wirklich nur ein »Einzeltäter«?

1968 machten viele Studenten die Springer-Presse für das Attentat auf Dutschke verantwortlich, da diese zuvor monatelang gegen Dutschke und die demonstrierenden Studenten agitiert hatte. Die Boulevardzeitung BILD schrieb z. B. am 7. Februar 1968: »Man darf auch nicht die ganze Dreckarbeit der Polizei und ihren Wasserwerfern überlassen.« Sie rief einige Tage vor dem Attentat zum »Ergreifen« der »Rädelsführer« auf. Bei den folgenden Ausschreitungen – den bis dahin schwersten – wurden die Gebäude des Springer-Verlags angegriffen und Zeitungs-Auslieferungsfahrzeuge in Brand gesetzt.

Wir in der Provinz, in Erlangen, verfolgten die Ereignisse wieder im Fernsehen. Die Solidarisierung war groß, aber auch die Wut gegen den angeblich undemokratischen Mob, die rote Meute. Denn die Ursachen und Ziele der Studentenbewegung wurden ja in Presse und Fernsehen nicht unterbreitet. Nur Ereignisse wurden – und werden – gezeigt, punktuell und ohne Zusammenhänge herzustellen. Das ist die Logik des Mediums: rasch konsumierbare Unterhaltungsware. Übrigens: Die Molotowcocktails, mit denen die Lieferwagen der Springer-Presse in Brand gesteckt wurden, hatte Peter Urbach unter den Demonstranten verteilt, ein V-Mann und Agent Provocateur des Berliner Verfassungsschutzes. Ergo?

Nicht nur der Vietnamkrieg und die Notstandsgesetze motivierten unsere Demonstrationen, es waren auch die Attentate auf Benno Ohnesorg und Rudi Dutschke. Kein Zweifel. Es gab ein Maß an Personalisierung, auf jeden Fall auf Seiten der Medien, aber auch auf unserer Seite. Dutschke konnte mit seinem Mikrofon, seiner ernsthaften Argumentation, seinen sachkundigen und eloquent-marxistischen Begründungen, seiner integren Art und seinem sympathischen Aussehen seine Zuhörer und auch – soweit überhaupt etwas von seiner Argumentation ins Medium Fernsehen gelang – Zuschauer in der Tat motivieren, aufbringen, Hoffnung schöpfen lassen; er nährte wohl auch Illusionen. Aber hier sprach ein Politiker, der etwas zu sagen hatte; dergleichen gab es sonst nirgends. Er hatte Ausstrahlung, Charisma. Integer, ehrlich, gut aussehend, mit seinen dunklen Augen und dem schwarzen Haar, seiner saloppen Kleidung. Kein Anzug, keine Krawatte; nicht die Uniform des Politikers. Er wurde nicht vom »Osten« bezahlt, wie Pressemeldungen insinuierten, denn dort hatte er den Wehrdienst verweigert und war vom Studium ausgeschlossen worden. Ein Maß an Personalisierung, ein Maß an libidinöser Besetzung diesem außergewöhnlichen jungen Mann gegenüber war also an dem Enthusiasmus der Protestierenden und Demonstrierenden mit am Werk gewesen. Vom »Rädelsführer« wurde gesprochen, weil man sich nicht vorstellen konnte, dass sich Tausende hinsichtlich ihrer Anliegen und Ziele – Gerechtigkeit, Abschaffung von Macht und Herrschaft – relativ einig waren.

Natürlich folgten auch in Erlangen auf die Attentate Demonstrationen. Ein Demonstrationszug durch Erlangen drohte einmal außer Kontrolle zu geraten; es kam aber zu keinen Gewaltausbrüchen. Eine Gruppe bewegte sich zum Bahnhofsplatz, wo im zweiten Stock unsere Wohnung lag. Ich pirschte mich von hinten an einen Polizisten heran und schlug ihm seine Schirmmütze, sein Machtsymbol, vom Kopf. Das war unsere »Gewalt«. Die Demonstrationen hatten auch ihre spaßige Seite, partiell jedenfalls; am Rande nahmen immer die sogenannten Spontis und Hippies und Blumenmädchen teil.

Erlangen hatte auch eine Geheimpolizei, die fuhr mit einem VW Käfer durch die Stadt. Ein »Genosse«, Barnewold, der – wie viele andere – eine Zeit lang in unserer großen Wohnung am Bahnhofsplatz untergebracht war, hatte auf seinem Radio entdeckt, dass der Polizeifunk, der mit niedrigen Frequenzen arbeitete, mit seinem Gerät abgehört werden konnte. Er kannte seinen Decknamen und wusste, wann man sein Auto beschattete. (Aber heute weiß man: kein Vergleich mit der Stasi, dem Staatssicherheitsdienst der DDR. Mit ihren 85 500 Mitarbeitern, 6 Millionen Überwachungen, 111 Kilometer Akten ...). Aber der Spaß, der die »Spontis« und »Hippies« motivierte, war bei den ernsthafteren Aktivisten – und als ein solcher muss Dutschke gesehen werden – doch nur ein gelegentlicher Ausrutscher. Es war uns ziemlich ernst, trotz Fritz Teufel und Rainer Langhans, den Komikern der Bewegung. Weg mit den Autoritäten, weg mit Herrschaft, weg mit den Männern im schwarzen Anzug, der Uniform der Konservativen und Einfallslosen, Opportunisten und Gehorsamen. Zwar fiel ab und zu das Wort von den »Arbeitern als der revolutionären Klasse«, aber auf sie wollten wir nicht bauen, Marx hatten wir noch kaum gelesen. Die Feststellung, dass die Arbeiter nur gebraucht wurden, um den Mehrwert bzw. den Profit zu erwirtschaften, war uns – um 1968 – noch nicht voll ins Bewusstsein gedrungen. Zumindest der Mehrheit fehlte diesbezüglich fundiertes Wissen. Deshalb sprachen wir – wie sogar auch Rudi Dutschke – gewissermaßen treffend von der »antiautoritären Bewegung« und der Clique der »Herrschenden« – statt von Kapital und Mehrwert, Privateigentum und Staat. Wir dachten quasi politisch, nicht ökonomisch. Das sollte bald anders werden.

Dutschkes Leben wurde gerettet. Aber er musste sich Sprache und Gedächtnis in monatelanger Therapie mühsam wieder aneignen. Schließlich erlag er 1979 den Spätfolgen seiner Verletzungen. Dutschke war ein begnadeter Redner, eine Führerpersönlichkeit; obgleich Personenkult bei einer demokratischen und sozialistischen Gruppe verpönt war, konnte man sich seiner Suggestivkraft schwer entziehen. Das war bekannt. Deshalb war man froh, ihn aus dem Verkehr gezogen zu haben. Ohne das Attentat wäre die Oppositionsbewegung zweifellos mächtiger geworden. Hätte sie die Demokratie zerstört? Aber war das – in diesem Zeitabschnitt – nicht wirklich ein Polizeistaat, wie die Studenten schrien? Demokratie? Würde man die Notstandsgesetze nicht eines Tages brauchen können? Gegen die Gegner? Dutschke redete kein Blabla, wie die Politiker es taten (»Wir verteidigen die Freiheit und die Demokratie; wir haben freie Wahlen; wir schützen das Eigentum, die Gespräche waren konstruktiv, ich bin zuversichtlich ...«), auch war Dutschke kein Hitler, wie man ihm unterstellte, er konnte nämlich aus dem Stegreif soziologisch argumentieren, brachte seine Theorieerfahrung mühelos in seine Reden ein, paarte sie mit polemischer Schärfe. Auch mit Witz; nicht immer war er tierisch ernst. Und alles kam aus dem Munde eines gut aussehenden und ehrlichen jungen Mannes. Dagegen hieß es in der BILD-Zeitung vom 3. Juni 1967: »Studenten drohen: Wir schießen zurück« sowie »Hier hören der Spaß und der Kompromiss und die demokratische Toleranz auf. Wir haben etwas gegen SA-Methoden.«

Das Klima in der Bundesrepublik und die Presse – insbesondere die Springer-Presse – waren nicht demokratisch. Wobei man bedenken muss, dass die Demokratie im Grund ja nur das Privateigentum schützt, das Eigentum der Unternehmer und Reichen. Jeder Gegner gilt als Staatsfeind. Jeder, der etwas gegen Ausbeutung und den Schutz des Eigentums der Milliardäre hat, ist ein Staatsfeind. Mit der Wahl lässt man sich die Herrschaft legitimieren. Die Verhältnisse sind für die Mehrheit der Bevölkerung nicht durchschaubar. Im Grunde provozierte das nicht-demokratische Verhalten von Staat, Polizei,

Presse und Fernsehen die Ausschreitungen der Studenten. Und vielleicht hätte es die später erfolgte schrittweise Liberalisierung ohne die – zugegeben: vermessene und illusionsgesteuerte – Oppositionsbewegung nicht gegeben. Vor allem der Stil des Lebenswandels sollte sich ändern. Natürlich nur bei einigen.

Eines Tages, noch vor den Attentaten, hatte uns – uns SDS-Mitglieder – Kurt Lenk, Professor für Politologie, der ein wichtiges Buch über »Ideologie« herausgegeben hatte, zu einer Besprechung eingeladen. Wir waren an die 15 Leute, die um einen großen, länglichen Tisch saßen; ich glaube, es war in Lenks Villa, und das Treffen hatte etwas Konspiratives. Irgendwann rückte Lenk jedenfalls mit etwas kryptischen Bemerkungen heraus, die insinuierten, dass es in unseren Reihen ein oder zwei Verräter gebe, wir sollten vorsichtig sein, besonders im Hinblick auf die drohenden Berufsverbote für sogenannte »Radikale«. Wahrscheinlich bekam ich einen roten Kopf, ich kam mir vor wie Judas beim Abendmahl (so wie es Leonardo da Vinci dargestellt hat). Lenk war der Jesus; er saß in der Mitte des langen Tisches – und ich ihm direkt gegenüber. Aber ich sagte mir dann, dass ich ja in Wirklichkeit gegen den Verfassungsschutz gearbeitet hatte. Ich versuchte jedoch möglichst teilnahmslos zu erscheinen. Wie aber hatte Lenk von dieser Sache erfahren können? Vom Militaristen Franz Josef Strauß als Ministerpräsidenten von Bayern? Und das Bayerische Kultusministerium würde doch wohl nicht mit Lenk kooperiert haben? Die waren es ja, die die Verfassung ›schützen‹ wollten, mit Argusaugen auf die Linken achteten (und die Rechten offenbar protegierten). Und die »Radikalen« relegierten. Das Rätsel blieb ungelöst.

Als Lenk die Stadt verließ, zog schließlich Kurt Wölfel mit Frau Barbara und Sohn Stephan in seine Villa am Rathsberg ein.

MG

UND …

UND wie ging es weiter?

Ich war also mit Uschi vom 13. Stock des Hochhauses der Gerhart-Hauptmann-Straße in die Wohngemeinschaft am Bahnhofsplatz Erlangen, vermietet von Frau Mengin (von Hugenotten abstammend, also französisch ausgesprochen), übersiedelt – in das Wohnzimmer mit selbst gebastelten Regalen und Kästchen und Lampen, in das Schlafzimmer mit dem niedrigen Eisenbett und das Gästezimmer mit dem alten Bauernschrank. Hartmut Schmidt und Ulrike Schmidt-Schladebach war es gelungen, uns zu dieser Gemeinsamkeit zu überreden. Ich hatte den Umzug gefürchtet, weil das Examen – in Anglistik und Germanistik – vor der Tür stand. Meine Zulassungsarbeit, in anderen Bundesländern »Staatsarbeit« genannt, hatte das Thema »Die Epos- und Romantheorie bei Johann Christoph Gottsched«; Professor Kurt Wölfel gefiel sie gut. Mein Thema im schriftlichen Staatsexamen war der Roman des 18. Jahrhunderts. (Eine Parallele bot das interessante Büchlein zum englischen Roman des 18. Jahrhunderts von Erwin Wolf, Anglist in Erlangen. Auch F. K. Stanzel, kurzzeitig in Erlangen, war im Gespräch, seine typischen Erzählsituationen: Ich-Roman, personaler Er-Roman und auktorialer Roman waren ein erhellender Beitrag zur formalistischen Schule.)

Ich hatte Glück: Auf das Roman-Thema hatte ich mich gut vorbereitet, Wölfel hatte offenbar dem Bayerischen Ministerium diesen Titelvorschlag gemacht, und tatsächlich fand sich dieses Thema unter den drei zentral vom Bayerischen Kultusministerium gestellten Fragen. Ich erinnere mich gut daran, dass ich in der Klausur »Nothwendigkeit« geschrieben hatte, das »h« war mir peinlich, aber Wölfel sagte mir später, das beweise nur, dass ich mich ins 18. Jahrhundert gut eingelesen hätte. Ich hatte auch ein Zitat aus Schillers »Die Götter Griechenlandes« parat, was ihn sehr erfreut haben musste: »Gleich dem Schlag der toten Pendeluhr/ dient sie knechtisch dem Gesetz der Schwere/ die entgötterte Natur«. Friedrich von Blanckenburgs »Versuch über den Roman« – mit der These, dass die gesamte Erzählung durch das »Herz« des Erzählers gegangen sein müsse, und der literarhistorischen Aussage, dass der Roman die »Handlungen und Empfindungen des Menschen«, das »Seyn des Menschen, seinen innren Zustand«, und nicht mehr die epischen »öffentlichen Thaten und Begebenheiten, das ist, Handlungen des Bürgers« darstelle – dienten mir als Folie bei der Betrachtung der Romane »Agathon«, »Anton Reiser«, »Werther« und »Wilhelm Meisters Lehrjahre«. Mit dem »Bürger« meinte von Blanckenburg nicht den »bourgeois« des bürgerlichen Standes, sondern den Burgbewohner bzw. den »citoyen«, den Staatsbürger, und mit dem »Menschen«, dem »homme«, den Privatmann, den Menschen in seiner Privatsphäre. Auch mit Wölfels Gegensatz von »Kausalnexus« und »Finalnexus« (der dem Gegensatz von Motivation von vorn und Motivation von hinten bei Clemens Lugowski entsprach) operierte ich, also der realistisch-psychologischen Kausalität einerseits und dem (utopisch-idealen) Zielpunkt des Romans andererseits. Angesichts des defizienten Zustands der Realität (Kausalnexus) gerät, wie Wölfel luzide erläutert hatte, der

Roman in die Schwierigkeit, den idealistisch angestrebten idealen Endzustand auch glaubhaft zu vermitteln. So erscheint zum Beispiel der utopische Schluss im »Agathon« unvermittelt und aufgesetzt, kausal nicht zwingend »von vorn« motiviert. Andererseits wurden im 18. Jahrhundert auch Missbildungsromane wie der »Anton Reiser« von Karl Philipp Moritz oder Johann Karl Wezels »Tobias Knaut« publiziert. Die entstehende Entfremdung machte den Idealisten Schwierigkeiten: Das Leben erscheint – zum Beispiel in Schillers »Ästhetischen Briefen« – nur mehr Mittel und nicht mehr Zweck zu sein. Das war eine Idee, die in Marx' »Das Kapital« dann eine materialistische Begründung erfuhr, insofern dort die Arbeit, die für *andere* verrichtet wird, nur mehr als Mittel zum Überleben der Arbeitenden dargestellt ist bzw. die arbeitende Klasse nur mehr als Mittel für Produktionsmittelbesitzer erscheint, ihren Reichtum zu mehren.

Jetzt wollte ich mich aber aus der Politik zurückziehen und eine Dissertation über die »Epos- und Romantheorie im 18. Jahrhundert schreiben« (was ich dann auch »that«). An den Anfang der Dissertation würde ich ein Marx-Zitat setzen: »Der *Privatcharakter* der Produktion des Tauschwerte produzierenden Individuums erscheint selbst als historisches Produkt – *seine Isolierung, punktuelle Verselbständigung innerhalb der Produktion*, bedingt durch eine Teilung der Arbeit, die ihrerseits wieder auf einer ganzen Reihe von ökonomischen Bedingungen beruht, wodurch das Individuum in seinem Zusammenhang mit andren und seiner eigenen Existenzweise nach allen Seiten hin bedingt ist.« Das setzte ich später tatsächlich der Dissertation voran. Damit würde ich mir eine Karriere als Gymnasial- oder Hochschullehrer gründlich versauen; es hatte die Zeit der »Berufsverbote«

für politisch Aktive bereits begonnen. Der »Radikalenerlass« hatte das geregelt. Ich hatte zwar vor, die »bürgerliche Ideologie des Individualismus« und den Schein der Gleichheit, der die Bildungsbürger des 18. Jahrhunderts blendete, in die Studie einzubringen, aber ich wollte mich andererseits doch aus der Aktivisten-Szene zurückziehen.

Doch eines Tages besuchte mich ein Studienkollege, der mit im SDS gewesen war: »Potzger« (so heißen in Bamberg die Polizisten); stämmig, rundlich, geradeheraus, mit dicken Koteletten, laut und witzig: Norbert Kleinteich. Ich möge doch wieder in der Marxistischen Gruppe (MG) – die aus dem SDS hervorgegangen war – Mitglied werden (in der Examenszeit im Frühjahr und Sommer 1968 hatte ich mich ausschließlich der Vorbereitung für das Examen, der germanistischen und anglistischen Literatur gewidmet). Ich möge doch, als »wertvolles« Mitglied unter den Politisierten, zumindest in der »Basisgruppe« Germanistik mitarbeiten; die Basisgruppen waren jetzt gegründet worden, weil man den Weg über die Basis – die Fabriken und Arbeitsörtlichkeiten – nehmen und den »langen Marsch durch die Institutionen« antreten wollte. Jedenfalls konnte ich mich den Schmeicheleien Potzgers, des MG-Delegierten, nicht entziehen. So saß ich denn schließlich wieder im Plenum der MG, in einem großen Vorlesungssaal mit ungefähr 70 Gleichgesinnten. Man beschloss, sich vor der Öffentlichkeit keine Blößen zu geben, eher wie eine Kaderpartei im Sinne Lenins zu agieren, da Berufsverbote drohten. In einer der rund siebenstündigen Sitzungen kam es zu einer Spaltung der MG in die MG-Praxis-Fraktion und die MG-Theorie-Fraktion. Der proletarische Touch der Praxis-Fraktion gefiel mir nicht besonders, auch hatte ich keinen Zugang zu den Nürnberger Fabriken. Außerdem kannte ich die Position der Arbeiter – oder zumindest der Angestellten – aus den Diskussionen am Rande der Demonstrationen zur Genüge: »Geht doch nach drüben«, »Ihr macht die Demokratie kaputt« (die Demokratie, die – um das nochmals zu betonen – doch nur das Eigentum schützt, das heißt, das Eigentum der Reichen garantiert. Die Arbeiter haben ja nichts als ihre Arbeitskraft, sie haben kein wirkliches Eigentum, nur ein paar Lebensmittel, die notwendig sind, damit sie – weiter – für andere arbeiten können). »Ihr hetzt die Bevölkerung auf« … »Die Rädelsführer gehören hinter Gitter« … »Der Dutschke gehört vergast« – Mein Vater, Angestellter bei Schickedanz' »Quelle«, vertrat genau diese Meinung, gegen die ich aufgebracht, hitzköpfig, aber vergeblich ankämpfte. Also trat ich der Theorie-Fraktion bei und arbeitete in der Basisgruppe Germanistik mit.

Mit Hilfe dieser Gruppe sollte agitiert und »rekrutiert« werden. Sogenannte Teach-Ins wurden Mode, das heißt, als Instrumente der »Politisierung« eingesetzt. Ich hatte von Kurt Wölfel eine Assistentenstelle erhalten, genauer: eine Assistentenvertretung, etwas Provisorisches, das unter seiner Leitung stand. Auch die »Schein«-Vergabe, die benoteten Zeugnisse, kontrollierte Wölfel. In meinem Einführungsseminar »agitierte« ich also. Aber ich hatte gut 120 Studenten, das war alleine nicht zu schaffen. Doch Wölfel machte Gelder für ca. sechs Tutoren locker, die mussten dann nach meinem – von den »Genossen« gutgeheißenem – Lehrplan ungefähr je zwanzig Studenten (»und Studentinnen«) unterrichten. Alles sollte auf die »Rekrutierung« von Genossen für die Basisgruppe und eventuell für die MG hinauslaufen. In Berlin gab es schon germanistische oder anglistische oder romanistische oder soziologische Einführungsveranstaltungen, in denen offen und unverhüllt Marx' »Kapital« gelesen wurde. So steuerten wir – alle Tutoren waren Basisgruppenmitglieder – mit unseren 120 Leuten die »Literatursoziologie« an – und dazu musste man ja schließlich den Soziologen und Ökonomen Marx lesen.

Doch feierten wir auch Feste ... und der Betrieb war locker. Ich erinnere mich, dass ich einmal zu spät in den Kurs, der recht früh am Morgen angesetzt war, kam und mich dann entschuldigte, die Studenten allein ließ und in die Cafeteria zum Frühstücken ging. Falls Wölfel davon gehört haben sollte: Er hat sich niemals beschwert. Und er unterschrieb alle 120 »Scheine«, also die Zeugnisse für das Bestehen des Einführungskurses, die wir alle mit »Gut« benoteten, da wir gegen das Notensystem waren. Einmal wurde ein Seminar bis in die Abendstunden verlängert und wir beschlossen, mit allen Studenten u n d S t u d e n t i n n e n zum Dechsendorfer Weiher zu fahren und dort nackt zu baden. Der im schwachen Mondlicht schimmernde kräftige Busen einer Studentin, deren Namen ich vergessen habe, wühlte mein Begehren auf, es zuckten mir die Hände, aber anders als die psychotischen Schizophrenen wagte ich es nicht hinzulangen. Ich versuchte dennoch, die junge Frau für mich zu gewinnen – mit Worten. Doch die waren offenbar nicht die richtigen. Aber wie konnte die sich nur so zieren? Wir wussten doch alle über die Promiskuität in der Kommune 1 und Kommune 2 Bescheid, sahen Fritz Teufel und den Kommunarden Rainer Langhans (mit den langen Lockenhaaren) im Fernsehen. Ich hatte auch das Buch der Kommune 2, einen Erlebnisbericht, gekauft (man hat mir den dann geklaut). Wieso wollte die also nicht? Ich wäre auf der Stelle mit ihr ins Bett gegangen – oder in den Wald. Ich konnte mich kaum bremsen, es war da ein ungeheurer Drang in mir, ein Drang nach sofortiger Stillung des Begehrens. (Weit wäre ich indes aber wohl ohnehin nicht gekommen – mit dem Fluch, der auf mir lastete.) Alle die verpassten Gelegenheiten, scheinbaren Gelegenheiten – hatte ich es falsch angepackt? Drängen ist dogmatisch, stößt ab. Gegen das Missionarische habe ich ja selbst die stärksten Aversionen. Nun gut ... Der Kommune 2 ging es natürlich nicht nur um Promiskuität und den Kampf gegen die »bürgerliche Familie«, sondern auch um Politik, um Aktionen gegen den Vietnamkrieg, gegen die Konsumsucht, um die »antiautoritäre Erziehung«. Den US-Vizepräsidenten Hubert Humphrey wollten Langhans und die Seinen in ihrem berühmten geplanten Pudding-Attentat mit einer Portion Pudding beschießen. Langhans wurde vorbeugend in Arrest genommen. Mein Gott, war denn das so schlimm, wäre dadurch etwa die »Demokratie« in Gefahr gebracht worden? Die Amerikaner setzten das tödliche Napalm gegen den Vietcong ein! Die Kommune 2 in Berlin – sie lebte kurze Zeit in Hans Magnus Enzensbergers Wohnung, dessen Bruder Ulrich Mitglied der Kommune war – wurde vor allem wegen ihrer »antiautoritären« Kindererziehung bekannt (darüber stand alles Wissenswerte in dem Buch »Kommune 2. Versuch der Revolutionierung des bürgerlichen Individuums« von 1969).

Auch ein sogenanntes Sit-In fand im Erlanger »Schloss«, dem Verwaltungsgebäude der Universität, statt. Der Senat, glaube ich, tagte gerade. Kanzler und Rektor waren anwesend. Jedenfalls saß man dort auf dem Fußboden und forderte »Weg mit den Zöpfen und Talaren von Hunderten von Jahren«. Man ließ sich dann von den Polizisten wegtragen. Aber die Gefahr war groß, das »Berufsverbot«, der »Radikalenerlass«, bedrohte die Aktivisten; der Zugang zu den Gymnasien oder zum Staatsdienst an der Hochschule war gefährdet. Manche »Genossen« waren sorglos, ich – der Besorgte – konnte das nicht verstehen.

Die Ideologie der freien Liebe, der sexuellen Revolution, der propagierten Promiskuität hatte wohl mein – ohnehin starkes – Begehren, mein Allen-Reizen-ausgesetzt-Sein dermaßen angestachelt, dass ich nicht nur die erwähnte Studentin zu bedrängen versucht hatte, sondern wie ein hungriger Wolf durch die Straßen und Kneipen auf der verzweifelten Suche nach einem Sexualobjekt (sic!) eilte, einem attraktiven Körper, der aber nur mit einem hübschen Gesicht attraktiv erschien und sofort seine Attraktivität verlor, wenn das Gesicht nichtssagend war. Ich erinnere mich einer solchen verzweifelten Suche während der Erlanger Bergkirchweih, die immer zu Pfingsten stattfand, meist in bereits sommerlicher, manchmal – wie damals auch – tropisch heißer Atmosphäre. Ich kämmte die ganze Kolonne der Bergkirchweihgäste durch – und fand keine Willige. Ich überredete einmal auf der Straße vor dem Bahnhof erfolgreich ein Mädchen aus der Arbeiter- oder Unterschicht, in die Wohnung am Bahnhofsplatz mitzukommen, wollte sie sofort flachlegen, aber sie zierte sich, sagte dann jedoch unverblümt »Ich fick' schon noch mit dir«. Aber sie kam nicht wieder. Ich war einerseits völlig enthemmt, völlig losgelassen, und doch weiterhin gehemmt wie seit eh und je, von Trieben überwältigt, von Hemmungen gebremst. Dennoch gelang es mir hin und wieder, eine Frau anzureden, in der Regel eine Studentin, ein Mädchen aus der politischen Szene (wie sie manchmal beim »Griechen« erschienen, wo wir Calamari aßen, Bier tranken und Tischfußball spielten). Oft aber war da doch dieses Zugleich von enthemmt und gehemmt. Es zerriss mich. So einmal, als eine Gruppe Berliner Studentinnen während eines Teach-Ins die Bühne stürmte. Eine attraktive und flotte Studentin in kurzen, sandfarbenen Shorts – ich sehe diese Shorts noch heute vor meinen Augen – hatte es mir angetan. Es war schrecklich. Sollte ich auf die Bühne gehen und sie anreden, sollte ich sie später abpassen? Ich wusste, sie würde ja doch nicht mit mir ins Bett gehen. Doch vielleicht hatte ich mich getäuscht. Die Ausrede aber war willkommen gewesen. Die Gruppe war drauf und dran, ihre Brüste zu entblößen, wie es Studentinnen tatsächlich in Frankfurt vor Theodor Adornos Augen getan hatten und wie wir es gelesen und gesehen hatten. Fernsehen und Presse waren, wie gesagt, unseres Erachtens nicht nur Manipulationsorgane der kapitalistischen Gesellschaft, sie waren ambivalent, weil sie durch ihre Berichterstattung auch die antiautoritären Studenten anheizten.

Die Teach-Ins im Audimax (Auditorium maximum) in der Bismarckstraße – die Germanistik war schon seit Langem von der Kochstraße in einen neuen Betonturm in der Bismarckstraße umgesiedelt – hatten den Charakter von Festen, wenngleich die Blumenmädchen, die in Berlin die Szene der Hippies und Spontis schmückten, bei uns weitgehend fehlten. Anlässlich eines Teach-Ins gegen die bürgerliche Germanistik und die »affirmative Kultur« (Herbert Marcuse) hatte das Basisgruppenmitglied Fitzgerald Kusz ein großes Transparent über dem Rednerpult angebracht: »Macht die blaue Blume rot«, in entsprechenden Farben. Kusz war, wie sein Name schon andeutete, ein komisches Talent; das Gegenteil eines großen schönen Mannes, ein Gnom mit zerquetschtem Gesicht und Stupsnase; er brachte aber unverdrossen seine Kreativität in der Öffentlichkeit zur Geltung. Er veröffentlichte dann auch Gedichtbände

– im Nürnberger Dialekt. Im »kehrichdhaffn« heißt es zum Beispiel:

neili houi ä
schaufensdäbubbn gsäing
bin iich däschrockn
wäi däi bledzli
lewendi worn iss.

Kusz drehte damals auch einen Film, eine Kriminalgeschichte. Ich hatte mir beim zu eiligen Schritt die Bahnhofstreppe hinab einen Fußknöchel gebrochen und ging einige Wochen mit Gipsbein und Krücken herum. Kusz erkor mich daraufhin umstandslos zum Darsteller des Mörders und Gauners. Nur mein Gipsbein wurde gefilmt, wie es die Treppen hinab- und hinaufstieg. Das kam mir gelegen – denn Schauspielen oder gar Singen waren mir, wie erwähnt, unmöglich. Im obersten Stockwerk eines der drei Hochhäuser in der Gerhart-Hauptmann-Straße, in dem Ulrich Krause wohnte, wurden die Geldübergabe und der Mord gefilmt. Ein Koffer voll Geldscheinen wurde überreicht und der Unschuldige durch den Mörder vom Balkon gestoßen. Eine Schaufensterpuppe flog nach unten aufs Trottoir. Kusz hatte intuitiv erfasst, dass ich nur zum stummen Spiel taugte. Er war auf dem Weg zum Schriftsteller – und sein Theaterstück »Schweig, Bub!« stand später jahrelang auf dem Programm des Nürnberger Schauspielhauses. Der kleine Kusz wurde tatsächlich ein großer Star.

In jener Zeit schrieb noch ein anderer Germanist, Hauke Stroßeck, Mundartgedichte. Er veröffentlichte sie unter dem Namen »Lothar Kleinlein«, nach der Hauptfigur im grandios satirischen Roman von Gisela Elsner »Die

Riesenzwerge«. (Enzensberger feierte das Buch damals als Nachfahren von »Gullivers Reisen«.) In »KA GSCHMARRI NED« finden sich das Schreckgedicht »wenn der buldser kummd« und die Groteske »die ungligger«:

die ungligger

zwischern Blerrer
und in Drämberler
dou wärds immer vill schneller dungl
wäi wouanderschd
wärgli
hahbsächli die fraidoch

dou soung die hungergandi
in die babierkärb
dou bassiern dann die ungligger:
dou fläing die bsuffner vom käddnschdehch
in die bengerds
anner nachn andern
dou huddsens middi audo zamm
dass ner so grachd
dou schraier die waiber in der finsdern
dou renner die raddsn kombaniewais ieber die schtraß
von aan källerluhch zon andern

und in die brunsgässler
dou hoggn gschbannd die nachdgiehger
und bassn af die glann boum
däi wo vo ierm vadder
zon zigareddnhulln gschiggd wärn

Eine große Pleite erlebte ich Nicht-Redner, Nicht-Sänger, Nicht-Schauspieler, als mich der Potzger und andere »Genossen« zum Diskussionsleiter eines großen Teach-Ins bestimmten. Mir war sofort klar, dass das ein totaler Fehlgriff war, aber ich wusste mich nicht zu wehren. Man müsse das ja lernen – by doing, hieß es. Wieder war das Audimax gerammelt voll und ich saß da vorn am Mikrofon, schiss mir in die Hose und zappelte vor Aufregung. Noch nie hatte ich eine Diskussion geleitet, noch nie in so ein Teufelsgerät, wie es das Mikrofon ist, gesprochen; man weiß überhaupt nicht, wie das für die Hörer klingt, man hört nicht, was man sagt, man weiß dann nicht einmal, was man gesagt hat. Gott sei Dank: Es saßen noch zwei, drei Studenten oder Assistenten mit am langen Pult, erfahrene »Genossen«, und die griffen schließlich ein und entzogen mir das Mikrofon, was mich sowohl freute wie auch ärgerte. (Genauso war es mir mit meiner enzensbergerischen Abiturrede ergangen; wie erfreut war ich, als die Mutter mein Manuskript in der Schule vorlegte, wie enttäuscht darüber, dass mir dieses Initiationsritual versagt blieb.) Die Wortmeldungen der Redner waren für mich bald nicht mehr überschaubar – und niemand hielt sich mehr an die Rednerliste, die ich – vergeblich – zu führen versuchte. Es drohte das völlige Chaos. Man sollte halt nicht den Bock zum Gärtner bestellen, nicht den Anti-Redner zum Diskussionsleiter küren.

In einem weiteren Teach-In zum Thema »Alte Zöpfe und Prüfungen« tat sich der Wölfel-Assistent Heinz Schlaffer (der sich einige Zeit zuvor dem SDS angeschlossen hatte) hervor. Erwin Wolf, der Professor für Anglistik, hatte sich nach vorn begeben und verteidigte in sanfter und liberaler Weise den Usus von Prüfungen, die seiner Meinung nach nur der Selbstkontrolle dienen sollten. Schlaffer ging ans

Mikrofon und forderte mit dem ihm eigenen – unverwüstlichen – Humor, gelassen und unaufgeregt, wie es nur wenigen Menschen beschieden ist: Wenn die Studenten nur sich selbst kontrollieren sollten, dann brauche man ja gar keine Prüfungen, denn die Prüfung fände dann ja ohnehin in ihrem gescheiten Kopf statt. Gejohle brach los. Wolf schritt erbost aus dem Saal hinaus.

Ich erinnere einen anderen Abgang dieser Art. Der Philosophieprofessor Paul Lorenzen hatte den Sozialphilosophen Jürgen Habermas zu einer Diskussion eingeladen. Ein Mitglied der Basisgruppe Philosophie begann sich eine Zigarette anzuzünden, um zu demonstrieren, dass »herrschaftsfreie Diskussion« (wie sie Habermas und Lorenzen für ihre rationale und vernunftmoralische Argumentation voraussetzten) nur ein frommer Wunsch sei. Lorenzen verließ wortlos den Saal.

Die Erlanger Germanistik spaltete sich schließlich in zwei Lager: das linke Lager um Kurt Wölfel und das bürgerliche Lager um den Germanistikprofessor Ulrich Fülleborn, der aus Hamburg gekommen war. Dietrich Harth war einer seiner Assistenten (neben Rickleffs und Elm). Wir wollten auf Marx hinaus, Harth auf Hermeneutik. Sein Interesse lag in der Hermeneutik-Theorie und Interpretationslehre sowie in der Bildungs- und Erziehungsgeschichte (in der historischen Kritik der Schul-Lesebücher). In einer großen Institutsversammlung, die eher einem Teach-In glich, prallten die Meinungen aufeinander. Ich, der gehemmte Nicht-Redner, tat sogar den Mund auf. Harth verteidigte Dilthey, wir Habermas' »Erkenntnis und Interesse« von 1968. Habermas sprach von den erkenntnisleitenden Interessen, dem praktischen Interesse moralischer Interaktion, dem technischen Interesse der Naturwissenschaften (der

Technik und des Arbeitsprozesses) sowie dem kommunikativen Interesse der Symbolbildung (sprich: der Sprache): der »Dialektik der Sprache, der Arbeit und des sittlichen Verhältnisses«, der »Objektivationen der Sprache (überlieferte Symbole), der Arbeit (Produktivkräfte) und des Handelns auf Gegenseitigkeit (soziale Rollen)«. Für uns war das Licht. Helligkeit der Aufklärung. Garantierte Wahrheit, auf die man sich berufen konnte. Ein Kampfmittel gegen Autorität und Herrschaft, ein Weg zu Marx.

Dass Geschichtswissenschaft und Literaturgeschichte endlich einem sinnstiftenden Interesse gehorchen und sich nicht in nutzloser Historie erschöpfen, sich auf »praktische Interessen« beziehen sollten, schien uns einen Weg zu ebnen. Habermas als Vertreter der Frankfurter Schule – mit Benjamin, Adorno und Horkheimer – war zudem, so konnte man annehmen, ein »Linker«. Schon der »Strukturwandel der Öffentlichkeit« mit seinem Credo der aufklärerischen Rationalität und der aus dem »Wilhelm Meister« herausgelesenen Gesellschaftskritik war unserer Aufmerksamkeit nicht entgangen. Die Versammlung kam zu keinem wirklichen Kompromiss, so blieb es bei meinem Einführungsseminar auf der einen Seite und den Seminaren Harths und Rickleffs' auf der anderen Seite. Gisbert Ter-Nedden lavierte zwischen den beiden Polen. (Früher wurden in dieser Einführung die rhetorischen Figuren, die Gedichtformen, die Erzählperspektiven und andere Formalismen gelehrt. Nach der Studentenrevolte kehrte man wieder weitgehend zu diesem Modell zurück.)

Wir stürzten uns auch auf Habermas' »Technik und Wissenschaft als ›Ideologie‹« sowie auf »Legitimationsprobleme im Spätkapitalismus«. Wir hatten eine Autorität gefunden, jemanden aus dem Establishment, der wie wir Schluss mit den alten Zöpfen und Talaren, dem geistlosen ideologischen Historismus machen wollte. Wir hatten eine Autorität nötig – und wir entdeckten in der Frankfurter Schule Bundesgenossen, Vorreiter. Walter Benjamins Literatursoziologie anhand der Großstadtlyrik Charles Baudelaires wurde uns Vorbild. (Über ihn schrieb der ebenfalls in der Basisgruppe mitarbeitende Helmut Pfotenhauer seine Dissertation.) Das Ziel blieb: »Rekrutierung« und Schulung.

Die Hauptaufgabe unserer Hochschul- und Gesellschaftspolitik sah die MG in einer Marx-Schulung, im Studium der Schrift »Das Kapital«. Ich war in einem Kurs von Joachim Giegel, der mit der hübschen Christa Perabo ans Erlanger Institut für Politik- und Sozialwissenschaft gekommen war. In der Zeit der Schulung wohnten die beiden einige Wochen in unserer WG-Wohnung am Bahnhofsplatz. Badeten – mit einer Flasche Sekt – im mit dunkelblauer Ölfarbe ausgemalten Badezimmer. Das Wichtigste waren für uns die Warenanalyse, der Doppelcharakter von Gebrauchswert und Tauschwert, das Geld, die Entwicklung zum Kapitalkreislauf, die Aufdeckung der Mehrwertproduktion und der Profitmaximierung, wie sie in »Das Kapital. Band 1« dargestellt wurden, und auch die Analyse des »tendenziellen Falls der Profitrate« aus dem Band 3 nahmen wir uns vor. Zentrum der »Schulung« war die Warenanalyse:

»Der Reichtum der Gesellschaften, in welchen kapitalistische Produktionsweise herrscht, erscheint als eine ungeheure ›Warensammlung‹, die einzelne Ware als seine Elementarform.« Die Ware hat einen Gebrauchswert und einen Tauschwert. Der Gebrauchswert ist ihre Nützlichkeit, ihr Nutzen für Bedürfnisbefriedigung: Gabel, Fahrrad, Auto, Zahnbürste, Flugzeug. Dass Waren getauscht werden, zeigt, dass sie einen »Wert« besitzen, der ein Gebrauchswertding mit einem anderen – völlig verschiedenen – austauschbar macht.

Wert besitzt die Ware, weil sie Produkt von abstrakter Arbeit ist, von gesamtgesellschaftlicher notwendiger Durchschnittsarbeit. Diese ist der Maßstab für die Quantität des Wertes. Die Ware A wird gegen die Ware B getauscht, die Quantität der Ware A entspricht einer bestimmten Quantität der Ware B: x A = y B: 20 Ellen Stoff sind einen Rock »wert«. 1 Million Zahnbürsten sind eine Boeing 700 wert. Würden die Flugzeuge auf Bäumen wachsen, dann besäßen sie keinen »Wert«. Der Gebrauchswert ist nicht quantitativ zu messen. Die bürgerliche Ökonomie kennt nicht die Differenz zwischen Gebrauchswert und Tauschwert und glaubt, der Wert bestimme sich ausschließlich nach Angebot und Nachfrage bzw. nach einem inneren Wert der Gebrauchsdinge – und nicht nach der in der Ware inkorporierten Arbeit.

In der Warenproduktion wird für den Tauschwert produziert, der Gebrauchswert zählt nur als Träger des Werts. Hier liegt schon der Hund begraben: Wenn das Kapital nur für den Tauschwert produziert, nur Profit erzielen will, dann sind ihm die Gebrauchswerte – d. h. die Bedürfnisse der Käufer – letztlich gleichgültig. Bedürfnisse werden also nur befriedigt, wenn sich mit der Produktion ein Wert bzw. Mehrwert realisieren lässt.

Alle Waren stehen – wertmäßig gesehen – in einer bestimmten Proportion zu allen anderen Waren. Ihr Wert ist nur »Wert« (im Sinne Saussures), nur definiert durch seine systemische Stelle im Ganzen, den Zusammenhang der gesellschaftlichen Verhältnisse.

In allen Waren ist abstrakt menschliche Arbeit kristallisiert. Die wertbildende Durchschnittsarbeit ist die Verausgabung von Hirn, Muskel und Nerv, gemessen in Zeit. (Komplizierte Arbeit lässt sich in einfache umrechnen.)

Die Ware A lässt sich also – rein relativ – in der Ware B ausdrücken, in ihrer »Äquivalentform«. Das allgemeine Äquivalent aber ist das Geld. Das Geld ist zunächst nichts anderes als eine Ware: Rinder, Salz, Schuhe, Silber, Gold. Die Praktikabilität des Goldes lässt es zum allgemeinen Äquivalent werden, zum Maßstab, der für alle Waren gilt. Es war einfach praktikabler, mit Goldstücken statt mit Salz zu bezahlen. Die »Preise« der Waren drücken nur Schwankungen um den substanziellen Wert der Waren aus, gesteuert durch Angebot und Nachfrage bzw. durch die Zwänge der Konkurrenz. Es ist absurd zu meinen, eine Boeing 700 erhalte ihren Wert durch bloße (hohe) Nachfrage.

Nicht aus dem Geld entspringt der Wert, auch nicht aus dem Gebrauchswert – sondern aus der abstrakten Arbeit. Abstrakt: Weil auch die Arbeit ihre Gebrauchswertseite und ihre Tauschwertseite hat, nivelliert Letztere alle Arbeit zur abstrakten Arbeit. Oder: Indem der Tausch alle Waren kompatibel macht, setzt er auch alle in ihnen inkorporierten Arbeiten einander gleich – als abstrakte Arbeit.

Aber in der entfalteten Tauschgesellschaft gibt es nun eine Krux: Den Geldbesitzern stehen diejenigen, die nichts besitzen als ihre Arbeitskraft, gegenüber. Diese – nennen wir sie Arbeiter – können nur leben, wenn sie ihre Arbeitskraft als Lohnarbeiter verkaufen. Sie verkaufen aber nicht ihre Arbeit, das heißt: sich selbst. Dann wären sie nämlich Sklaven. Sie bekommen ihren Lohn für die Erhaltung ihrer Arbeitskraft; sie bekommen den Wert ihrer Arbeitskraft bezahlt. Ihre Mehrarbeit schafft den Mehrwert, letztlich den Profit, auf den es in der kapitalistischen Verwertung ankommt. Das ist – innerhalb des Systems – vollkommen d'accord mit dem gerechten Tausch, den der Staat, der das Eigentum garantiert, stützt. Aber die Arbeiter zählen nur als Mittel in der Produktion von Wert, ergo ihre Ohnmacht, ihr Ausgeschlossensein vom Besitz an Produktionsmitteln, ihr Ausgeschlossensein vom (wahren) Eigentum, ihr Ausgeschlossensein vom Geld, großem Geld bzw. Kapital. Das Privateigentum verkehrt sich damit in sein Gegenteil: in den Ausschluss vom Eigentum auf der Seite der Arbeitenden. Politische Gleichheit und Freiheit und Demokratie erheben sich auf der Basis der sozialen Ungleichheit (die sie einzementieren).

Nun ereignet sich aber noch etwas, das manche als Wunder betrachten: Geld produziert Geld, Kapital zeugt Kapital. Wie das? Wegen der Genialität der Geld- oder Kapitalbesitzer und wegen der Kreativität der Maschinen, die Wert ausspucken? In Wahrheit produzieren nur diejenigen Wert, die wir Arbeiter nennen. Und zwar nicht nur Wert, sondern eben auch Mehrwert. Gezeugt wird der Mehrwert nicht durch Geld, Kapital oder Maschinerie – sondern durch Arbeit, die Arbeit der Arbeitenden (auch der Angestellten, die die Waren transportieren und an den Mann und die Frau bringen). Über kurz oder lang wird das Anfangskapital durch den geschaffenen Mehrwert ersetzt. Niemand würde produzieren, wenn er sein Eigentum nicht vermehren könnte – in der Tausch- und Kapitalgesellschaft. Kommt das »Mehr« wirklich nicht aus den Maschinen? Die Maschinen übertragen nur ihren – allerdings vorhandenen – Wert auf die Produktmasse. Woher haben sie ihren Wert? Auch in ihnen steckt – sie sind selbst nur Ware – kristallisierte Arbeit, vorangegangene Arbeit, ihr Quantum Wert geht auf die Produkte über. Aber woher das Mehr? Es kann nur aus der Arbeit stammen, aus sozusagen unbezahlter Arbeit (die der notwendigen Arbeit bzw. der Erhaltung der Arbeitskraft gegenübersteht): Die Arbeit liefert also einen Mehrwert, einen Profit (über das bereits vorhandene Maß an Wert hinaus); sie gliedert sich demnach in zwei Teile, in den Teil allgemein notwendiger Durchschnittsarbeit und in den Teil unbezahlter Arbeit. Was kostet die Arbeitskraft des Arbeiters? Arbeitskraft ist nur eine Ware wie alle anderen Waren. Sie kostet den »Lohn«, das heißt, die zur Herstellung und Erhaltung der Ware Arbeitskraft nötigen Lebensmittel, was wiederum heißt, die zur Lebensmittelherstellung erforderliche abstrakte Arbeit.

Aber wir gelangten, was nicht oft geschieht, durch den Band 1 (Der Produktionsprozess des Kapitals) und durch Teile von Band 2 (Die Zirkulation) und sogar durch Abschnitte im Band 3 (Der Gesamtprozess).

Wir waren im Besitz der Wahrheit. (Man muss sich freilich fragen, wie viele Groschen bei einer Umverteilung von den Billionen Dollar, die auf den Steuerinseln und anderswo lagern, für die arbeitende Weltbevölkerung und das heißt für den Einzelnen herausschauen würden. Georg Büchner hatte die 6 Millionen Gulden Steuern im Großherzogtum Hessen (mit 500.000 Einwohnern) im »Hessischen Landboten« 1834 angeprangert; bei einer Umverteilung wären 9 Gulden pro Person herausgekommen. Aber Solidarität wäre doch etwas ... Aber Gerechtigkeit wäre doch etwas ...)

Nach jeder Schulungssitzung musste einer von uns ein Protokoll schreiben. Das war eine schöne Arbeit. Aber das Studium lag brach. Die Felle schwammen davon, das Berufsverbot konnte jeden eines Tages treffen. Aber das alles hatte doch S i n n – für uns. Wir wollten die autoritäre Universität, die autoritäre Gesellschaft abschaffen, die Ungleichheit, größenwahnsinnig wie wir waren, wir wollten eine Form von Gleichheit und Gerechtigkeit, ein Ende des imperialistischen Vietnamkriegs, ein Scheitern der Notstandsgesetzgebung (von der wir glaubten, dass sie einmal die Regimegegner niederknüppeln und Schluss mit der angeblichen Freiheit machen würde). Das war ein großer Traum, eine große Illusion. Aber die neuen Verkehrformen, das neuartige Verhalten setzte doch eine ungeheure Welle von Interesse und Energie frei, wir waren lebendig, es gab ständig Neues, es gab Hoffnung, wir gehörten noch nicht zur Null-Bock-Generation, die sich dann nur noch resigniert-hoffnungslos den versteinerten Verhältnissen unterwerfen würde. Kam ein »Genosse« aus Berlin oder Bremen und läutete an unserer Wohnung, dann wurde er aufgenommen und konnte bei uns übernachten. Umgekehrt fuhr ich nach Berlin, besuchte dort Christel Neusüß und ließ mir Material darüber geben, wie dort politisiert wurde, rekrutiert wurde, »materialistische Literaturwissenschaft« gelehrt wurde, und ich konnte dort bei wildfremden »Genossen« unterkommen.

Die wichtigsten Mit-Kämpfer (in meinem Gesichtskreis) in der Basisgruppe und der MG waren »Potzger« (Norbert Kleinteich), Walter Kreiselmeier, Hermann Froschauer, Harmut Schmidt und Ulrike Schmidt-Schladebach (aus meiner WG), Andreas Pauldrach (zeitweise Vorsitzender des AStA, des Allgemeinen Studentenausschusses), Theo Wentzke, Michael Noe, Peter Decker, Marietta Harss (aus Füssen), Klaus Prätor, Niki, Trapp …

Mein Bewusstsein war voll von den neuen Gedanken und Aktionen. Ich vergaß Uschi, ich vergaß, dass ich verheiratet war. Und Uschi, die sich in keiner MG oder Basisgruppe verankern konnte, litt unter dem Ausgeschlossensein. Wie würde das enden? Wohin würde mich mein kurzsichtiges Begehren treiben?

Heidi Lehmann

Gegenüber dem Universitätsgebäude lag der schon erwähnte »Politladen«, die linke Buchhandlung, die Gerd Schnepel und Ernst Klett aufgemacht hatten. Neben den – selbstverständlichen – blauen Bänden der MEW gab es jetzt Bücher über die Entstehungsgeschichte des »Kapital«, Helmut Reichelt, Karl Korsch, Lehrmaterial zum »Kapital« für Schulungen, die Geschichte der Arbeiterbewegung, Raubdrucke, Zeitschriften wie die »Alternative« oder »Probleme des Klassenkampfs«, eine Anleitung für die Stadt-Guerilla und alles, was das marxistische Herz begehrte – oder was sich die unterschiedlichsten linksorientierten politischen Richtungen nur wünschen konnten. (Schnepel wurde später zu einer Gefängnisstrafe verurteilt, wohl wegen dieser »Anleitung« oder wegen der Raubdrucke …)

Links neben dem Eingang stand der Büchertisch mit den Neuerscheinungen; gegenüber dem Eingang erblickte man vollgefüllte Regale. Immer wieder schlenderte ich zu diesem Laden, sah mich um, kaufte etwas – oder kaufte auch nichts.

Und da saß sie. Eines Tages. Auf der Theke oder auf einem hohen Sessel, in den Händen ein Kofferradio, aus dem laut ein rhythmischer Rocksong tönte; sie warf ihren Kopf im Rhythmus des Songs nach rechts und links, sie wirbelte ihr weißblondes halblanges Haar hin und her, achtete auf niemanden, und doch blitzten plötzlich zwischen ihrem Blondhaar zwei lichte hellblaue Augen hervor. Ihr Gesicht war makellos. Das traf mein Innerstes, diese, so schien mir, entfesselte Freiheit, diese rauschhafte Lebendigkeit, diese erotische Revolution. Das verschlug mir den Atem, nahm mir alles Selbstbewusstsein, ließ mich schwach werden, sodass ich kaum auf dieses Mädchen hinzublicken wagte. Ich fühlte mich durch diese Sensation gewissermaßen gedemütigt und schlich dann – ohne etwas zu kaufen – mit Schweißperlen auf der Stirn zur Ladentür hinaus.

Ilse Friess, die ich nach ihrem Selbstmordversuch kennengelernt hatte, lebte in einer Wohngemeinschaft in der Marquardsenstraße. (Wo auch der Arzt Dr. Wartha seine Praxis hatte. Er zeigte mir einmal seine zahllosen, in Ölfarben kopierten Renoir-Gemälde. Ein guter Fälscher.) Ohne selbst einer linken Gruppe anzugehören, kannte Ilse doch die ganze Szene, besonders die Sponti-Linke, die Kommunarden. Ich hatte Ilse einmal, die brennende Neugier verbergend, gefragt, wer diese strahlende Weißblondine sei, und sie sagte, das sei die Heidi Lehmann, von zuhause ausgerissen, ohne Schulabschluss, ohne Unterhalt. Und sie arrangierte, unbegreiflicherweise selbstlos, ein Treffen mit Heidi, die bei ihr in der Wohngemeinschaft hauste.

An einem Nachmittag betrat ich ein im Dämmer liegendes Zimmer, verdunkelt durch die herabgelassenen Jalousien; Heidi trug einen kurzen weißen Bademantel, sie hatte ihn einfach mit der Schere gekürzt. Eine zwielichtige Gestalt, ein junger Mann, verließ grußlos das Zimmer. Heidi bot mir etwas zu trinken an, einen Pfefferminztee. Nanu! So etwas. Es dauerte nur Minuten, bis wir miteinander schliefen. Und nochmals – und nochmals – und nochmals. So etwas hatte ich noch niemals fertiggebracht (und sollte ich auch später niemals mehr fertigbringen). Sie wischte nichts ab, sie schien völlig selbstvergessen. Mir wurde klar: Da war etwas im Pfefferminztee gewesen, das war nicht mit rechten Dingen zugegangen.

Jedenfalls hatte ich eine wirklich begehrenswerte junge Schönheit erobert. Aber wie litt ich dann, als sie mich, der ich sie wieder treffen wollte, immer wieder auf später vertröstete. Im Nu entwickelte sich eine verzehrende, sehnsüchtige Verliebtheit. Ich traf sie nur noch auf der Straße. Zuweilen machte sie mir freundlich Hoffnungen – und dann wies sie mich wieder eiskalt ab, sagte, sie habe keine Zeit.

Schließlich bat sie um ein Zimmer in unserer Wohngemeinschaft am Bahnhofsplatz, die Hartmut Schmidt, Ulrike Schmidt-Schladebach und ich uns noch immer teilten. Meine Frau Uschi war 1970 aus der für sie ausweglosen Situation weggegangen und nach Berlin gezogen. Das mittlere von unseren sechs Zimmern bewohnten nacheinander verschiedene »Genossen«, Basisgruppen-Mitglieder, MG-Mitglieder, »Politisierte«: Alison Rooper, Mike Noe, Walter Kreiselmeier, Hermann Froschauer. Es gab aber noch die kleine Kammer, in die gerade ein Bett passte. Eine Zeit lang war dort unser politisierter Gärtner untergekommen. Dort zog nun Heidi ein. Ich jauchzte innerlich, das war doch eine verheißungsvolle Aussicht, nicht? Jetzt würde ich sie doch noch für mich gewinnen können. Aber sie wies mich wieder kalt ab. Sie machte Nachtdienst in der Nervenklinik, hatte dort, wie mir Ilse dann erklärte, Zugang zum »Giftschrank«, stahl dort, so war zu vermuten, Drogen, wohl Morphium, griff wohl auch schon zur Nadel. Das mochte die Erklärung für ihre ständig wechselnden Launen sein, die mich zur Verzweiflung trieben. Man sah nichts von ihr, sie kam spät in der Nacht und war morgens dann wieder verschwunden.

Ich litt mehr und mehr an einer Verliebtheits-Krankheit, einer Sucht, einer Abhängigkeit. Es wurde so schlimm, dass mir der Mathematikprofessor Walther L. Fischer, der zum

Freund gewordene ehemalige Physiklehrer von Füssen, als Therapeuten den Neurologen Dr. Bente empfahl, mit dem er eine Studie zum Verhältnis von Hölderlins Poesie und der Sprache der Schizophrenen ausgearbeitet hatte. Ich suchte Bente mehrfach in einem entlegenen Kellerraum der Nervenklinik (der »HuPflA«) auf. Als Gegenleistung musste ich mich für ein Experiment zur Verfügung stellen. Ich musste bestimmte Medikamente einnehmen, dann wurden mir Elektroden am Kopf befestigt und die Hirnareale getestet.

Heilung verschaffte mir aber sicherlich nur die Zeit, die Zeit, die mir Heidi entrückte.

Ich habe später erfolglos nach ihr gefahndet. Ilse hatte nie mehr etwas von ihr gehört. Sie wusste nur zu berichten, dass sie beide einmal eine Pistole der RAF verwahrt hatten. Heidi ist verschollen geblieben. Vermutlich starb sie an einer Überdosis Heroin.

Trennung und Umnachtung

Die Triebhaftigkeit, von der schon die Rede war, entwickelte sich mit dem Verblassen der Gefühle und dem Schwierig-Werden der Beziehung – ich zögere zu sagen »Ehe« – mit Uschi. Das begann folgendermaßen: Uschi verließ gegen Abend ihren Keller bei Michalzik und kam in die Gerhart-Hauptmann-Straße. Sie hatte wieder Totgeburten in den Kühlschrank legen müssen. Ihre Kollegin hatte sie wieder erniedrigt. So entstand, was ich heute »Depression« nennen würde. Ihre Migräne wurde stärker, so schien mir. Im abgedunkelten Raum lag sie übermüdet und geschwächt auf dem Eisenbett. Wir hatten uns gefunden, weil und als wir beide »depressiv« waren. Da waren wir uns einig gewesen und hatten geklagt über die Welt – die gefräßigen Bürger unserer Gesellschaft, die keinen Sinn für Klee oder Picasso hatten, kein Ohr für George Lewis oder Louis Armstrong, John Coltrane, Lenni Tristano oder Thelonius Monk, kein Gespür für Kafka und Beckett. Keine Sensibilität für Ungaretti und Lorca. Kein Wissen und kein Sensorium, um Hans Magnus Enzensbergers wütende – »zornige« – Gedichte schätzen zu können. Aber jetzt blühte ich im Zuge der Studentenbewegung, der Solidarität, der aufkeimenden Hoffnung, der Menge an Kontakten, der »sexuellen Revolution« auf – und entfernte mich zusehends von Uschi. Mein Triebpotential konnte ich angesichts der mir lähmend vorkommenden Situation nicht ausleben. Nicht dass mir dies bewusst gewesen wäre. Das lief ganz unbewusst ab – und unmerklich richtete sich das Verlangen nach außen, und die Seele (um nicht zu sagen: der Körper) begann zu suchen. Die Triebe wurden unbändig.

Nachts strampelte unser Hamster in seinem Rad. Wir ließen ihn in der Wohnung frei laufen; er benagte den schönen Band von Kurt Lange und Max Hirmer: Ägypten, mit fantastischen Aufnahmen der ägyptischen Skulpturen (noch in Schwarz-Weiß, später erschien der Band auch in Farbe). Eines Tages war der Hamster spurlos verschwunden.

Manchmal kaufte ich ein und kochte am Abend, zum Beispiel Bries und Hirn mit fein gehackten Zwiebeln und geraspelten Karotten. Bier oder gar Wein standen noch nicht auf der Speisekarte. Aber das half nichts, wir versanken – nach meiner Wahrnehmung – am Abend in der gemeinsamen Lähmung. Es lief nichts mehr. Dann kam die Übersiedlung an den Bahnhofsplatz; Hartmut und Ulrike waren eine Ablenkung. Das Projekt Wohngemeinschaft war ein spannendes Unternehmen. Uschi kam aus der Einsamkeit heraus. Aber das hielt nicht lange an. Ich war ständig umgeben von Freunden und solidarischen Genossen, das Studium litt; die Aktionen, Demonstrationen, Agitationen, Teach-Ins, Lehrveranstaltungen ließen mein schwaches Ich erstarken, die Ideologie der freien Liebe nährte die Triebe. Uschi war weitgehend abgeschnitten von all diesen Aktivitäten. Sie besuchte dann ein von Linken dominiertes Seminar bei den Pädagogen. Ich hielt mich für überlegen. Ich predigte ständig die »Autonomie«, Uschi müsse »autonom« werden, dann würde es zwischen uns wieder funken. Aber daraus wurde nichts. Oder es wurde doch etwas aus der »Autonomie« Uschis, jedoch nicht die Wiederannäherung, sondern die endgültige Trennung. In ihr reifte der feste Entschluss wegzugehen, nach Berlin zu ziehen. Und ich war schon zu weit abgedriftet und meine Libido war auf die begehrenswerten Studentinnen – erreichbare und unerreichbare – fixiert. Die Berliner Studentinnen – und die Schöne in den sandfarbenen Shorts – gaben mir den Rest. Fast die gesamte Basisgruppe Germanistik – samt Uschi – versammelte sich einmal um die Hütte am Poppenberg, die Harmut und Ulrike gehörte: Dort hatte ich nur Augen für die Schönheiten unter den neu zu uns gestoßenen Studentinnen. Ich versuchte, fast gewaltsam, eine von ihnen zu gewinnen. Haschisch führte zu Herzrasen und Triebhaftigkeit.

Einmal waren wir in Füssen zu Besuch bei Helmut und Brigitte (sie waren vom Dorf Bayersried in die Kleinstadt Füssen gezogen); die früher etwas zurückgezogene und schwermütige Brigitte war plötzlich aufgeblüht, wodurch sie mein Begehren weckte. Sie blühte daraufhin noch mehr auf und wir taten uns zusammen. Uschi weinte. Das ließ mich nur noch mehr zum Sadisten werden, oder besser: zum rücksichtslosen Triebmenschen. Helmut diskutierte die halbe Nacht mit uns und versuchte, so verstand ich sein Engagement, uns zur Vernunft zu bringen. Aber was ist die Vernunft gegen das Begehren? Kant, Habermas, Lorenzen? Dann schlug Helmut, heroisch-vernünftig und freizügig, vor, Brigitte solle eine Zeit lang zu mir nach Erlangen ziehen. Sie solle sich frei entscheiden können. Mitsamt der kleinen Tochter Sandra solle sie mit mir mitgehen. Gesagt, getan. Ich bekam eine Stirnhöhlenentzündung und hielt es nicht aus mit neuer Frau und einem Kind, klammerte mich an meinen Schreibtisch, an meine Dissertation über die Epos- und Romantheorie im 18. Jahrhundert. Das Experiment scheiterte – oder kann man sagen, dass es gelang? Ein Resultat hatte es jedenfalls: Ich wusste, dass ich nicht gemacht war für eine neue Ehe. Brigitte kehrte nun mit Sandra nach Füssen zurück.

Zu der Zeit unternahmen Uschi und ich noch einen Versuch, unsere Ehe zu retten: Wir fuhren zusammen nach Kroatien, nach Mimice. Dort tat sich Uschi eines Nachts – mit meiner stillschweigenden, aber doch mit Ressentiments beladenen Zustimmung – mit einem Kroaten zusammen. Sie trafen sich in der hinteren Bucht, die vordere, wo Željko wohnte und seine Kneipe hatte, war die Hauptbadebucht. Und unsere Wege gingen nun noch weiter auseinander. Uschi bewegte sich mehr und mehr weg von mir, und ich glaubte immer noch, in hartnäckigem Missverstehen, sie hinge wie eine Klette, so meinte ich, an mir.

Schließlich fasste Uschi den entscheidenden Entschluss, aus Erlangen wegzugehen und, so interpretierte ich sie, endgültig »autonom« zu werden. Die Hoffnung auf ein Comeback des Begehrens war – meinerseits – aber noch nicht vollständig aufgegeben. Doch in Berlin – der Hauptstadt der Studentenbewegung mit ihren vielen Wohngemeinschaften und Kommunen – entfernte sich Uschi noch weiter von mir. Sie hatte ihre Stelle als Arzthelferin in der Frauenklinik Erlangen gekündigt und begann in Berlin ein Pädagogikstudium, um Volksschullehrerin zu werden. Sie übte aber diesen Beruf niemals aus. Sie ging stattdessen für ein Jahr nach Indien, in den Ashram von Bhagwan (Bhagwan Shree Rajneesh, auch Osho genannt), nach Poona, wo sie Madhu kennenlernte, mit dem sie dann eine Partnerschaft einging. Sie kehrte schließlich als orange gekleidete »Sannyasini« mit dem Namen »Dhyano« und der »Mala« um den Hals nach Berlin und schließlich München zurück.

Derweil trieb mich das Begehren umher. Mehrere One-Night-Erlebnisse brachten nicht das Gewünschte. Dann gab es eine längere Episode mit Ilse Friess. Auch mit ihr fuhr ich nach Kroatien, die kroatische Riviera entlang – Mimice, Podgora, Makarska. Aber auch das war nicht das Wahre. Es folgte eine kurze Affäre mit Hermine, der Schwester Brigitte Witteks, danach, im Frühsommer 1972, kam eine gemeinsame Zeit mit Ulrike Musekamp. Noch immer nicht das Wahre. Doch dann kam die Richtige – aber es endete böse. Es endete böse, gerade weil es die Richtige war.

Wir waren zu fünfzehnt, Männer und Frauen, und hatten »Das Kapital. Band 1« im Urlaub in Postup auf der Halbinsel Pelješac, gegenüber der Insel Corčula, mit dabei Der Blick vom Haus Baldo und Nada Radoš' von der etwa 200 Meter hoch gelegenen Terrasse auf das Meer und die kleinen Inselchen bot ein einmalig schönes Panorama. Ich schaute mich unter den Mädchen um und meine Wahl fiel auf Irmgard Lichtinger. Obwohl ich dadurch, dass man mir kurz zuvor die Rachenmandeln herausgeschnitten hatte, geschwächt war, fühlte ich mich stark und der großen, schönen Irmgard mit dem hellbraunen langen glatten Haar durchaus gewachsen. Forsch, wie ich es von mir nicht kannte, bat ich an einem der ersten Abende um einen Spaziergang und ergriff dabei ungeniert ihre Hand. Dann nahmen wir eines Nachts den Schlafsack in den Weinberg mit und lagen zwischen den Weinstöcken. Dieses Hauchen und Seufzen Irmgards … Das war wahre Sexualität. Jetzt war ich verliebt, schrecklich. Ich versuchte, diese erste Nacht zu wiederholen. Es gelang mir nicht. Ich strampelte mich ab. Ich bekam Herzstörungen, ich ging zum Arzt, der mir sagte: Previše Liubav. Zu viel Liebe. Die Verliebtheit ging abermals über in eine Krankheit, eine unstillbare Sehnsucht. Aber noch voller Tatendrang fuhr ich dann mit Irmgard zurück nach München, wo sie wohnte. Ich fuhr ihren weißen VW Käfer, und zwar wie der Teufel. Ich wollte, als wir unterwegs bei Banja Luka übernachteten, bei ihr im Zimmer schlafen, sie lehnte ab. Das war der Anfang. Aber ich wusste noch nicht, dass dies der Anfang vom Ende war. In München versuchte ich Irmgard zu überreden, zu mir nach Erlangen zu ziehen. Sie sagte, sie würde München niemals verlassen. Doch ich hatte mir in den Kopf gesetzt: Das ist die Richtige – schön, groß, intelligent, links. Eine Lehrerin, die Klavier und Orgel spielte. Selbstständig, sinnlich, potent. Ihre zarte, weibliche Stimme erinnerte mich an meine Kindheitsliebe zu Inge Jrschitzka. Mehr konnte es nicht geben. »Der Hirn«, wie der Engländer Kevin Lewin später immer zu mir sagte: Der Kopf steuerte, aber doch weitgehend unbewusst. Paradox. Irmgard kam einige Male nach Erlangen, doch die erste Nacht konnte nicht wiederholt werden. Es muss jener Fluch gewesen sein, der auf mir lastete. Ich schaffte es nicht, ich schaffte sie nicht. Auch das war mir nicht bewusst. Wir fuhren einmal nach Berlin zu Uschi, meine Gefühle – allerdings jetzt rein geschwisterliche – ihr gegenüber waren noch stark. Das muss Irmgard gestört und gekränkt haben. Auf der Reise zurück kam es zu einer ersten Entfremdung. Dann lehnte sie ab, mich in Erlangen zu besuchen. Ich schenkte ihr zu Weihnachten 200 Mark für Mahlers gesammelte Symphonien. Sie sagte: »Ich lasse mich nicht kaufen«. Dennoch kam es bei einer Party bei Oswin und Brigitte in der Morawitzkystraße 3 noch zu einem letzten Akt. Er ging, seltsamerweise, von ihr aus; sie zerrte mich in eine Kammer, wo es noch einmal geschah, während die anderen im Nebenzimmer tanzten. Weshalb? Ich habe nie erfahren, was in ihr vorging. War es der Abschied? Eine Verzweiflungstat? Später erzählte sie mir, sie habe in mir immer ihren früheren Geliebten, der sie verlassen hatte, gesehen: den Maler Wolfgang Schikora (vom King-Kong-Kunstkabinett München). Sie hatte also die Imago Wolfgang Schikoras über meine Person gelegt und praktisch mit ihm geschlafen. Mit mir als Wiedergänger. Natürlich konnte das nicht gut gehen. Der Schikora war stark – oder er hat sie einfach nicht so stark gewollt wie ich und hatte es daher leicht, sich von ihr zu trennen. Er liebte die Freiheit. Er ging für ein halbes Jahr nach Südamerika. Ich konnte es keine Minute ohne Irmgard aushalten. Ich klammerte – und das liebt der Partner nicht. Ich fühlte mich mehr und mehr impotent, immer schwächer und schwächer, immer abhängiger und abhängiger, immer kränker und kränker. Die Liebe war nur mehr eine Krankheit, eine Krankheitsliebe, verzehrendes Verlangen, schwächend und noch mal schwächend. Ich hörte tagelang eine kroatische Schallplatte, sentimentalen Kitsch, stürzte mich in die Melancholie, ich hörte dauernd dieses Hauchen und Seufzen der ersten Nacht. (Ich ging Achim Giegel und Christa Perabo, die bei mir wohnten, auf die Nerven mit meiner Schallplatte.) Meine Gedanken drehten sich im Kreis, die Verzweiflung wuchs. Ich fuhr in meinem Wahn nach München und klingelte mit Herzrasen bei Irmgards Eltern. Irmgard war bei ihnen zu Besuch. Sie war wütend – ob meines Klammerns, meiner wahnwitzigen Unverfrorenheit, der Einschränkung ihrer Freiheit. Es war das Ende.

Irmgard musste ihre Referendarausbildung in Schweinfurt absolvieren. Das lag nicht allzu weit entfernt von Erlangen. Ich flehte sie an, nach Erlangen zu ziehen, wenigstens zu Besuch zu kommen. Ich spürte aber trotz meiner totalen Blindheit, dass sie einen anderen hatte, jedenfalls, dass etwas nicht stimmte. Schließlich gestand sie, dass sie eine Affäre mit einem verheirateten Mann habe. Das traf mich hart! Unerreichbarkeit ist ein Faszinosum, ein Aphrodisiakum. Die musste ich haben, die war wie für mich geschaffen, das muss doch gehen, verdammt. Aber es ging nicht. Ich war nicht der perfekte Mann für sie. Das will man aber nicht wahrhaben, denn man spiegelt sich in den anderen hinein. Der muss doch so fühlen wie man selbst! Rückfall ins Spiegelstadium – fern des Realitätsprinzips, fern des großen Anderen (l'Autre), fern der Sprache. In Bildern gefangen. Ohne den Dritten (um in Jacques Lacans Begriffen zu denken).

Der Absturz war gewaltig. Er wurde verschärft durch das Ende meiner Tätigkeit in der MG und der Basisgruppe Germanistik.

Das kam so: In unserer WG wohnten Walter Kreiselmeier, Mike Noe und Hermann Froschauer. Wir waren »Genossen«, wir sangen, man stelle sich vor, am frühen Morgen: »Roter Wedding, grüßt Euch Genossen.« Stehend. Und von einem Tag auf den anderen war ich der Klassenfeind. Ich war Assistent bzw. Assistentenvertreter und hatte nicht vor, mein Geld, wie es allmählich üblich und schon langsam gefordert wurde, in eine Gemeinschaftskasse einzuzahlen. Ich wollte nicht Mitglied in einer verbotenen Kaderpartei sein. Meine Haut zu Markte tragen. Eine völlig illusorische Revolution vorbereiten. Das war weltfremd. Doch in diese Richtung hatte sich die MG entwickelt. Und der Clou war, dass man jetzt die Zauberformel gefunden zu haben glaubte, d e n »Fehler« der bürgerlichen Wissenschaft. Gleichgültig, ob es sich um Ökonomie, Soziologie, Politologie oder Germanistik oder Anglistik oder Romanistik handelte, es musste agitiert und d e r Fehler aufgezeigt werden. Eine eingehende Interpretation von Franz Kafka oder Samuel Beckett war also bürgerlich und hatte diesen bestimmten »Fehler«, den zu erkennen mir nicht und nicht gelang. War die Ästhetik von Schiller bis Hegel, die Auseinandersetzung mit der »Nachahmung«, dem »Interessierenden«, der »Zweckfreiheit«, der »Literarizität« (dem spezifisch Poetischen an der belletristischen Literatur) fehlerhaft? Worin? Kafka und Beckett waren doch eminent politisch, obwohl mit keinem Wort parteiisch. Wie auch immer: Auf solche Leuchten der Literatur konnte ich in meinem Leben nicht verzichten. Aber genauso wenig auf Büchner oder Lawrence Sterne oder Thomas Hardy oder Truman Capotë oder Ezra Pound oder Garçia Lorca oder Giuseppe Ungaretti oder Hans Magnus Enzensberger oder Ernest Hemingway oder William Faulkner oder Edgar Allen Poe oder James Joyce oder Marcel Proust oder Jacques Prévert oder Jean Giono oder oder oder ... Das hieße ja: nicht mehr leben. Nein, da konnte ich nicht mitmachen. Ich wurde zur Persona ingrata, ich huldigte ja dem »bürgerlichen Individualismus«. So wurden die Freunde wortwörtlich über Nacht zu Feinden. Meine Wohnungsgenossen agitierten zusammen mit anderen Genossen in meinen Lehrveranstaltungen. Die Diskussionen (eigentlich das falsche Wort), das Chaos waren verheerend. In meinem Ibsen-Seminar waren 70 Studenten (und Studentinnen), die sich allmählich die Haare zu raufen begannen, hinausgingen, rebellisch wurden und schließlich die MGler verjagten. Ende der Geschichte. Aber ich hatte nun nicht mehr – was mir dazumal aber nicht bewusst war – die mütterliche Geborgenheit der Gruppe, ich stand auf einsamem Posten. Die einstige Solidarität, eine große Stütze, die mir nicht bewusst gewesen war, fehlte, und dieses Fehlen war mir ebenso nicht bewusst. Dazu kam die Leere ohne Irmgard. Der Traum meines Lebens hatte sich in nichts aufgelöst, konfrontierte mich mit dem Nichts. Ohne Gruppe. Ohne Irmgard. Ich war vollkommen allein. Mein Vater war

1969 gestorben, Herzschlag, als er in Hopfen am See in den Hopfensee zum Schwimmen schritt. Seine Freundin, mit der er meine Mutter betrog, stand hilflos am Ufer. Ich ließ eine Autopsie durchführen – und sah die aufgeschwemmte Leiche, einen in der Länge geschrumpften und in die Breite gegangenen Vater in der Leichenhalle. Das alles hatte ich verdrängt. Ich hatte keinen Vater mehr – und der Vater war zuvor schon längst kein Vater mehr gewesen. War seit seiner Rückkehr aus Sibirien nicht mehr Vater gewesen. Wie passt das in das MG-Kapitel und die Irmgard-Geschichte? Ich weiß es nicht, aber es passt jedenfalls. Der Absturz war, wie gesagt, katastrophal. Ich hatte Angstzustände, die schiere Panik ergriff mich, die Todesangst, ich schlief nicht in der Nacht, ich war tagsüber ständig am Einschlafen. So wankte ich durch die Zeit. Ich irrte über die Felder, die Angst schlug auf mich ein. Ich fuhr von Freund zu Freund; ein paar Minuten fühlte ich mich erleichtert, dann begannen schon wieder die Angstzustände – Beklemmung, Angst vor dem Tod, nein, es gibt keinen Namen dafür, man kann das nicht mitteilen, nicht mit Worten vermitteln. Aber die Ängste waren frei flottierend, sie bezogen sich auf nichts, sie waren ungreifbar. Dass sie etwas mit Irmgard oder der MG oder dem fehlenden Vater zu tun haben könnten, das kam mir nicht in den Sinn. Alles war gelöscht. Es waren wort- und begriffslose Ängste, vielleicht auch nicht Ängste, sondern etwas anderes, etwas Schrecklicheres. Alle Lust, Liebe, Freude waren mir aus dem Körper gesogen worden. Es war eine große Leere, ein schwarzes Sumpfloch, aus dem ich nicht hochklettern konnte. Wie in Edgar Allen Poes »The Pit and the Pendulum«: eine Schlammgrube mit Ratten. Vielleicht ist der Verweis auf den Verlust der MG und Basisgruppe eine Ausrede. Ich hatte alles auf eine Karte gesetzt, auf e i n e Karte: Irmgard. Das war es. Wahrscheinlich war es der gleiche Angstschock wie damals, als ich sechs Jahre alt war und die Mutter zusammenbrach vor mir und es sonst niemanden auf der Welt gab. Der Vater tot oder in Sibirien, der Großvater tot, die Großmütter in weiter Ferne, mir nicht gegenwärtig. Wahrscheinlich war es die Wiederholung dieses Angstschocks. Sagt mir »der Hirn«.

Endlich hatte ein Psychiater Zeit für mich; die winzigen roten Pillen, die ich bekam, machten aber alles noch schlimmer. Im Halbschlaf durchwachte und durchwankte ich Tage und Nächte. Auf eine Psycho- oder Gruppentherapie musste man Monate warten. Ich hatte keine Chance. Nur ein Schweizer Gruppentherapeut versprach mir, mich im Herbst in eine Gruppe zu nehmen. Bis dahin war dann das Schlimmste überstanden. Wie das gegangen war, dass ich wieder hochkam, weiß ich nicht. Ich glaube, ich bekam statt der kleinen roten Pillen Valium oder Librium verschrieben. Ich war zwei Wochen zu meiner Mutter nach Füssen gefahren, hatte mich von Wölfel und der Arbeit am Wörterbuch der Poetik des 17. und 18. Jahrhunderts verabschiedet. Irrte in Füssen aber ebenso über die schneebedeckten Hügel wie in Erlangen über die Felder. Und auch da schlug immer wieder plötzlich die Angst zu, dieser wortlose Schrecken. Ich klammerte mich an den Homöopathen Schwertfeger in Kaufbeuren (der Helmut geholfen hatte), er schwenkte die Wünschelrute hinter meinem Rücken und empfahl mir, täglich um 18:00 Uhr einen Apfel zu essen. Das alles waren Tropfen auf den heißen Stein, aber offenbar kühlten sie ihn im Laufe von Monaten doch etwas ab.

Epos und Roman

Kurt Wölfel hatte das groß angelegte Projekt »Die Poetik des 16., 17. und 18. Jahrhunderts« von der DFG, der Deutschen Forschungsgemeinschaft, um 1967 herum genehmigt bekommen. In ihm arbeitete ich (bevor ich 1972 eine Assistentenvertretung und dann eine Assistentenstelle bekam), und mit mir arbeiteten Karlheinz Stahl, Eckart Feldmeier, Jan Bruck, Gisbert Ter-Nedden, Eva Schlüer, geborene Schwinn, Bodo Lecke und Bernd Strauss. Leider wurde, wie ich schon bedauernd erwähnt habe, das Projekt nie abgeschlossen; ein Wörterbuch der Poetik wäre eine grandiose Sache gewesen.

Die ganze Poetik nahm ihren Ausgang bei der antiken Rhetorik und bei Aristoteles (ohne den gar nichts ging). Mimesis als Nachahmung handelnder Personen erwies sich als ein Fels, an dem sich die Poetik Dekade für Dekade abarbeitete. Der Gedanke der »Nachahmung« führte von der Nachahmung der »Natur« (des Menschen) zu jener der schönen oder erhabenen natura naturans. Die Idee der Idealisierung der Nachahmung resultierte im Begriff der schönen Nachahmung (Charles Batteux: »Einschränkung der schönen Künste auf einen einzigen Grundsatz« – »Les beaux-arts réduits à un même principe«). Bei Johann Christoph Gottsched spielten die Begriffe der »Wahrscheinlichkeit« und des »Wunderbaren« (des von der möglichen Welt sich entfernenden Fiktiven – der Götter, Engel und Geister) eine wesentliche Rolle. Mit Bodmer und Breitinger begann der Gedanke des

»Neuen« (des »Wunderbaren« innerhalb der möglichen oder wirklichen Welt) und der »Würckung« in die Theorie einzudringen. Dubos hatte hier vorgearbeitet (»Réflexions critiques sur la poésie et la peinture«, 1719). Aus der Idee der »Wirkung« der Poesie ging auch das Konzept des Interessierenden hervor (das nichts mit Kants »Interesse« zu tun hatte, also sich nicht auf praktische Interessen, sondern auf ästhetische bezog); es wurde besonders von Christian Garve ausgearbeitet. (Meine erste Aufgabe als Hilfskraft bei Kurt Wölfel war der Vergleich zweier Fassungen des Essays über das »Interessierende« gewesen.) Mit den Gebrüdern Schlegel und schließlich mit Hegels Ästhetik gelangte eine Quasi-Literatursoziologie in die hundert Jahre währende Poetik-Debatte. Homers natürliche Welt galt jetzt als Ausdruck einer unentfremdeten und sinnhaften Wirklichkeit.

Im Laufe der zweiten Hälfte des 18. Jahrhunderts entwickelte sich der Autonomiegedanke: Von der Poesie sagte sogar Bertolt Brecht, sie sei autonom, wenn auch nicht autark. Die spezifische Seinsweise der Kunst bzw. der Poesie als Poesie (unabhängig von außerpoetischen Zwecken wie psychologischen, soziologischen, philosophischen, pädagogischen Interessen) wurde in den Blick genommen und begrifflich zu erfassen gesucht. Diese Idee begann im Sturm und Drang, besonders bei Goethe, als die Literatur von außerliterarischen Zwecksetzungen – zum Beispiel religiösen – abgesetzt wurde. Kant ging dann in der »Urteilskraft« von der Kunstrezeption als »interesselosem Wohlgefallen« aus, wobei Interessen materielle, aber auch moralische sein können. Die Idee der Zweckfreiheit wird auch deutlich gemacht in Karl Philipp Moritz' theoretischer Schrift »Über die bildende Nachahmung des Schönen«. Bei Hegel erscheint sie in einem Unterkapitel[1], weil er die Künste strikt der Entwicklung der Gesellschaft – dem »objektiven Geist« – zuordnet.

Ich hatte ursprünglich – nach der Beendigung des Staatsexamens 1968 – eine Dissertation über den Surrealismus schreiben wollen; Wölfel winkte ab, da gäbe es schon den Alfred Liede, ich könne ein Thema aus der Poetikgeschichte, zum Beispiel die Theorie von Epos und Roman bearbeiten (und meine Examensarbeit über Roman und Epos bei Gottsched sozusagen fortsetzen). Ich fügte mich. (Bei der Habilitation, die ich 1982 abschloss, fügte ich mich dann nicht mehr und setzte ein Thema zu Franz Kafka durch: »Franz Kafka. Konfigurationen des Rechts, der Macht und des Begehrens«. Ich löste das Kapitel zum »Begehren« bzw. zu Kafkas »Ein Landarzt«, orientiert an Jacques Lacan und Roland Barthes, aus dem Konvolut und veröffentlichte es separat. Der Rest wurde unter dem – die poststrukturalistische Anlage der Studie signalisierenden – Titel »Die Zeichen des Gesetzes. Recht und Macht bei Franz Kafka« publiziert. Die Dissertation von 1972 trug den vollmundigen Titel »Individualität und Totalität. Die deutsche Epos- und Romantheorie im 18. Jahrhundert«. Gedacht war an den Roman als quasibiografische Darstellung des bürgerlichen *Individuums* und an das homerische Epos als Darstellung einer einheitlich-überschaubaren *Totalität.* Der Titel der Veröffentlichung – inspiriert durch meinen marxistischen

1 Trotz seiner historisch-semantischen Konzeption hält Hegel in dem Kapitel »Das poetische Kunstwerk im Unterschiede des prosaischen« in den Vorlesungen über die Ästhetik an der Zweckfreiheit des Poetischen – des »freien poetischen Kunstwerks« – fest; im Unterschied zur Beredsamkeit und zur Geschichtsschreibung gilt die künstlerische Tätigkeit nicht als »Mittel für ein außerhalb ihrer fallendes Resultat«.

Standpunkt – lautete umständlich, wiederum vollmundig und zugleich irreführend: »Individualität und Totalität. Zur Geschichte und Kritik des bürgerlichen Poesiebegriffs von Gottsched bis Hegel anhand der Theorien über Epos und Roman«. Der »Poesiebegriff« – der auf jeden Fall den Autonomiegedanken in sich hätte aufnehmen müssen – wurde eigentlich gar nicht erörtert. Die Arbeit konzentrierte sich auf den Gegensatz von Epos und Roman, wie er zuerst in Friedrich von Blanckenburgs »Versuch über den Roman« (1774) ausformuliert worden ist: Das Epos stellt die »Thaten des Bürgers« und der Roman das »innere Seyn des Menschen« dar. (Mensch, also Privatmann, steht hier, wie schon einmal angeführt, dem öffentlich Handelnden, besonders dem Heros, gegenüber.) Das Konzept wird dann vor allem von Hegel ausdifferenziert. Das Epos gehört ins heroische Zeitalter der Kämpfe und Kriege eines ganzen Volkes, der Roman lässt die Poesie des Herzens des einzelnen Individuums gegen die zur Prosa geordnete bürgerliche Wirklichkeit ankämpfen, bis es zu einer Integration des Einzelnen ins Ganze kommt. Wölfels Idee, dass man eigentlich auf den Roman abziele, wenn man – in den ersten zwei Dritteln des 18. Jahrhunderts – vom Epos, speziell vom komischen Epos in Prosa spreche, konnte ich übernehmen und voll bestätigen. Schon bei Johann Christoph Gottsched deutet sich das – 1730 – an. Aber die Differenz der Gattungen (von der dann 1916 Georg Lukács in seiner »Theorie des Romans« aus moderner Sicht spricht) konnte erst gedacht werden, als sich das Bewusstsein des Unterschiedes der literarischen Formen und der historischen Hintergründe – also das historische Denken – gebildet hatte.

Ich hatte die Dissertation zwischen 1968 und 1972 hingeschludert, weil die Treffen der Basisgruppe und der Marxistischen Gruppe wichtiger waren. Der Ehrlichkeit halber muss ich hinzufügen, dass auch die Trennung von Uschi (die Scheidung fand allerdings erst 1975 statt) und die Tragödie mit Irmgard mich mehr beschäftigten als die Poetik. Ich erhielt dann auch nur ein »magna cum laude« (während Stahl, der über das »Wunderbare« schrieb und sich sklavisch an die Definitionen der Poetik hielt, ein »summa cum laude« erhielt – was mich, der ich mich trotz der Schludrigkeit für ein Genie hielt – reichlich kränkte. Das »magna« war eine Schande, es hat mich dennoch nicht von der Habilitation und Hochschullehrerlaufbahn – einer U-Bahn, die ins Dunkle stürzt – abgehalten.

Nach dem Verebben der Studentenbewegung verlegte ich mich 1975 auf den Poststrukturalismus – Jacques Lacan, Jacques Derrida, Michel Foucault, Claude Lévi-Strauss, Roland Barthes – und auf Franz Kafkas Gesamtwerk. Das dauerte an, bis ich die Habilitationsschrift 1982 fertiggestellt hatte. Die Dissertation wurde am Bahnhofsplatz geschrieben, der Poststrukturalismus begann in der Anton-Bruckner-Straße, und die Habilitationsschrift über Franz Kafka wurde im Schwalbenweg 3 in Heßdorf bei Erlangen erarbeitet. Einen Personal Computer gab es noch nicht. Das Manuskript musste auf der Schreibmaschine getippt werden.

Neubeginn

Irmgard hatte ich schweren Herzens abgeschrieben. Sie hatte mich verschmäht. Zu Recht? In der Konkurrenz der Gene hatte ich jedenfalls den Kürzeren gezogen. Die Umnachtung ließ aber nun langsam nach. Dr. Beck, der seine Ausbildung in der Schweiz erhalten hatte, nahm mich in eine Therapiegruppe auf. In Deutschland musste ein Therapeut auch eine medizinische Approbation haben, in der Schweiz nicht. Eine Psychoanalyse war damals noch undenkbar, unbezahlbar; die Kassen genehmigten sie nicht. (Erst einige Jahre später konnte ich bei Anne Thurn in Erlangen eine »Redekur« beginnen.)

Jetzt war ich wieder auf der Suche. Mir fiel – im Herbst 1972 – die andere Uschi ein, die Ursula Elvira Schmeller, die mit mir vor der Irmgard-Episode wegen meines Noch-verheiratet-Seins und der Ermahnungen ihrer Eltern Schluss gemacht hatte. Während ich den Sommer in Postup verbracht hatte, war Uschi im Urlaub in Frankreich gewesen, in einem Ferienlager. Ich besuchte sie also ohne Anmeldung eines Nachmittags in der Äußeren Brucker Straße und sie öffnete in einem kurzen Bademantel und mit nassen schwarzen Haaren. Sie empfing mich freudig; und ich war sofort wieder verliebt. Wir brachten dann einen der nächsten Abende in einem Gastgarten in Adlitz zu. Sie war zauberhaft mit ihren glitzernden Ohrringen, den tiefdunklen Augen, den vollen Lippen, der glatten Haut, dem kurzen schwarzen Haar.

Mir stand wieder unsere ›Urszene‹ vor Augen: Ich war mit den »Genossen« an einem langen Esstisch in der Erlanger Mensa gesessen, da hatte sich eine junge Studentin mit schwarzem Haar und weißem Rock, in dem ein wohlgeformter Hintern sich abzeichnete, erhoben und nach rückwärts geblickt, mit ihren dunklen Augen, mitten in mein Gesicht. Erotik und romantische Liebe als Passion auf den ersten Blick; die perfekte Verbindung. Bei der nächsten Gelegenheit redete ich sie an und hörte an ihrer Sprache, dass sie noch recht jung war. Es stellte sich heraus, dass sie keine Studentin war, wie ich vermutet hatte, sondern noch zur Schule ging und erst siebzehn Jahre zählte. Das war der Anfang gewesen, der sich mir deutlich ins Gedächtnis eingeschrieben hatte.

Uschi war frisch und lebendig wie ein junges Fohlen. Wir lagen also in dem zwei Mal zwei Meter großen Eisenbett, der orangefarbene Segeltuchvorhang hing vor dem großen Fenster über dem Bahnhof. Es war das Bett, das ich mit Heidi Lehmann hätte teilen wollen, das Bett, das ich mit Ilse Friess, mit Ulrike Musekamp und anderen Mädchen aus der linken Szene, so war das damals, und auch mit Irmgard Lichtinger tatsächlich geteilt hatte, es war das Bett, das zuvor der Stammplatz von Uschi (späterer Dhyano) gewesen war. Die zweite Uschi löste die erste Uschi ab. Ich hatte jetzt ein Juwel gefunden.

Mit meinem Austritt aus der MG und nach der Niederlage mit Irmgard war es ungemütlich geworden am Bahnhofsplatz. Kreiselmeier, Noe und Froschauer, die früheren Freunde und »Genossen«, waren jetzt meine Feinde – inmitten meiner Wohnung. Man hatte mich, wie schon erwähnt, zum bürgerlichen Individuum und Klassenfeind erklärt. Ich war der Hauptmieter, aber fühlte mich zunehmend verdrängt. Ulrike Schmidt-Schladebach und Hartmut Schmidt waren in England und ließen sich durch die

Trotzkisten vom baldigen Kommen der großen Krise des Kapitalismus überzeugen. Zu allem Überfluss wurde das Gebäude am Bahnhof außen geweißelt, und die Maler blickten in ihren weißen Overalls in alle meine Zimmer. Uschi und ich wollten jetzt zusammenziehen, das heißt, zusammen in eine andere Wohnung ziehen. Der weiße Schrank war mir geblieben, den schönen Bauernschrank hatte Uschi mit nach Berlin genommen (dazu die schönsten Fleckerlteppiche, die nach Uschis und meinen Anweisungen in Füssen gewoben worden waren, und die schöne rostrote Keramikvase von Heidi Lichtenberg). Die zweite Uschi und ich bekamen, obwohl das Nicht-verheiratet-Sein sich zunächst als Hürde herausstellte, schließlich eine Wohnung in einem Neubau in der Anton-Bruckner-Straße in Erlangen. Wohnzimmer, Küche und zwei Arbeitszimmer. Im Wohnzimmer standen dann das Eisenbett, tagsüber zugedeckt mit einer violetten Corddecke, das Klavier, das ich ungefähr 1970 gebraucht erstanden hatte, ein niedriger runder Tisch mit weißer Marmorplatte, daneben mattgrüne Polstersessel. Das Zimmer mit Blick auf den Garten wurde zu meinem Arbeitszimmer (in dem ich 1975 mit der Lektüre von »Kafka. Pour une littérature mineure« und anderer spätstrukturalistischer Werke begann). Im zweiten Arbeitszimmer schrieb Uschi ihre Zulassungsarbeit für Gerhard Neumann (über Henrik Ibsen).

Die Zimmer waren niedrig, die Türen und Fenster schlicht und banal. Kein Vergleich mit den hohen Räumen und den großen weißen Flügeltüren der Altbauwohnung am Bahnhofsplatz. Das Domizil war jetzt stinkbürgerlich – und unser Lebensstil verbürgerlichte zusehends. Die Zeit der Studentenbewegung und der erotischen Exzesse war – für mich jedenfalls – vorbei. Die »sexuelle Revolution«

war ohnehin nur eine Zeit des im linken Lager tolerierten Ausagierens sexueller Neurosen gewesen, während wir glaubten, das bürgerliche Individuum und die bürgerliche Kleinfamilie zu revolutionieren.

In der bürgerlichen Idylle begann ich wieder zu malen (was ich seit 1962 oder 1963 nicht mehr getan hatte). Ich kopierte einen Renoir, in Öl: eine vollschlanke junge Frau mit blütenweißem Busen. Ich malte, wiederum in Öl, ein südliches Dorf. Manchmal kamen Helmut und Margot Pfotenhauer oder Ulrich Wyss und Elisabeth Schmidt, die Assistenten des Mediävisten Karl Bertau, zu Besuch. Mit Wölfel spielten wir an den Abenden nach dem Oberseminar Billard. Uschi arrangierte sich mit Wölfel; Uschi die Erste hatte Wölfel gehasst. Ebenso die Schlaffers, die sich indessen in die Kratzbürstige verliebt hatten.

Schon bald nach dem Beziehen der neuen Wohnung ritt mich der Teufel. Ich hielt einen Sommerkurs für ausländische Studenten (und Studentinnen) ab. Bei einer geselligen Tanzveranstaltung holte mich, den scheuen und schüchternen Still-Halter, eine unwiderstehlich aussehende, schöne und attraktive Studentin mit ausgestreckten Armen und freundlichstem Lachen auf die Tanzfläche. Sie hatte braunes Haar, das sie in Form eines damals in Mode gekommenen wuscheligen Afro-Looks trug. Auf der Stelle war ich verliebt. Wir verbrachten die Nacht in meinem (eigentlich: unserem, Uschis und meinem) roten VW Käfer. Die Studentin aus der Schweiz verlor einen Ohrring, den ich jahrelang hütete. Mir blieb noch eine Stunde Schlaf, denn dann ging es nach Kroatien, nach Postup auf der Halbinsel Pelješac. Vier Wochen lang träumte ich am Strand von Postup, Mokalo und Podobuče von Fabienne Cevey. Uschi in die Augen zu sehen war eine Qual. Vier Wochen lang.

Ich versuchte die Affäre zu verdrängen, mit Gewalt. Irgendwie, ich weiß nicht wie, renkte sich dann die Beziehung mit Uschi wieder ein. Vermutlich deshalb, weil Uschi sich einem anderen zugewandt hatte.

Aber das Zusammenleben im Alltag brachte dann wieder knatschige Tage mit schlechter Laune mit sich. Ich konnte damit nicht fertig werden. So ergriff ich einmal die Flucht und fuhr nach München; ich besuchte Irmgard. Wir landeten im Bett. Es ist mir unbegreiflich, wie das nach der großen Katastrophe möglich war. Schließlich besuchte ich auch noch Helga Dötsch, die mollige blonde Frau des Hausmeisters in der Kaiserstraße 6 in Fürth, wo ich von 1961 bis 1966 gewohnt hatte. Ich war ein hungriger Wolf, aber Helga ließ sich nicht fressen. Uschi war verletzt, klar. Sie fuhr dann mit einer Freundin zum Skifahren ins Lachtal und kam mit einer neuen Erfahrung zurück. Jetzt war i c h gekränkt und eifersüchtig. Ich drehte durch. Ich verschwand, ohne ihr ein Wort zu sagen, mitten im Semester, im Februar. Mit einem befreundeten Studenten, Michael Pfalzer, fuhr ich über den Brenner nach Italien und nach Karlobag in Kroatien. Dort schliefen wir beim Fischer Ivo Babić.

Am Brenner lag Schnee und es stürmte. In Italien regnete es. Unterwegs begegnete uns eine lange Reihe maskierter Kinder: Es war Fasching.

Auf dem Weg durch Italien machten wir Station in Udine, um dort zu übernachten. Am Abend besuchten wir einige Kneipen und landeten zuletzt in einer Bar – Pfalzer in Lederjacke, ich trug mein unverwüstliches dunkelblaues Donkey-Jackett, das ich in London erworben hatte. Wir bestellten zwei Amaro. Da kamen zwei sympathische, gut gelaunte Italiener in die Bar, stellten sich gleich zu uns und versuchten sofort – mit Händen und Füßen gestikulierend

– mit uns ins Gespräch zu kommen. »Du amigo« und so weiter. Auf der Theke stand ein leeres Glas. Der Großgewachsene, links neben mir Stehende nahm jetzt das Glas und fing an, es zu zerbeißen, der rechts von mir stehende, klein gewachsene, zierliche Italiener blieb, wo er war. Der Glasfresser kaute und kaute und schluckte schließlich das gesamte Glas hinunter. Lachend zogen die beiden dann ab. Schließlich wollte ich zahlen, griff nach meiner Börse, fand sie nicht, suchte in allen Taschen … Wir ließen uns sagen, wo die nächste Polizeiwache war und beeilten uns, dort hinzukommen. Wir erzählten die Geschichte, und der Polizist krümmte sich vor Lachen – ja, die beiden seien ihm bekannt. Wir sollten am nächsten Morgen wieder vorbeikommen. Das würden wir uns sparen können, dachten wir. Italiener! Und doch gingen wir am nächsten Tag noch einmal auf die Wache, bevor wir in Richtung Triest, Rijeka und Karlobag aufbrachen. Die hatten die Börse – und der gesamte Inhalt war noch drin.

Ich hatte den Fischer Ivo Babić seit 1962, seit meiner ersten größeren Motorradreise, oft besucht. Halb kroatisch, halb deutsch versuchten wir uns zu verständigen. Aßen in Öl gebratenen Fisch und Rührei. Das kleine Haus, das Ive selbst gebaut hatte, besaß nur eine winzige Küche und einen – nur durch einen Vorhang von der Küche abgetrennten – Schlafraum für Ive und Maria und die Kinder Mile, Ivica, Ivanka und Karlo. Vor dem Haus war eine glatt polierte Steinbank (wie in Stifters »Granit«). Wir saßen inmitten einer Hühnerschar, und Ive griff sich den roten Hahn und setzte ihn sich auf den schwarzen Kopf und lachte. Das war seine Komödie.

Bei meiner Rückkehr gab es einen großen Krach. Natürlich. Uschi sagte, ich hätte ja angefangen. Und sie hatte recht.

Mir gelang es, einen kleinen Gedichtband »SEELENSATZ« (»Satz« sollte auf Kaffeesatz anspielen) zu veröffentlichen, er wurde 1975 in einer illegalen Druckerei der »Genossen« gedruckt. Es waren viele Texte aus meiner »Angst-Phase« von 1966 enthalten. Ein Beispiel:

STILLLEBEN

auf dem teller
im milchweißen küchenlicht
eine erfrorene zehe
ein brötchen
ihr ring

an der wand
eine postkarte
kein vogel
im ast

gold im grün
sonne im spinnweb
das häufchen asche
auf dem teller:
ich

Beckett schrieb mir später dazu: »I am sipping at your poems with relish.«

Ich ging zu zwei, drei »Marathons« mit dem Therapeuten Kurt Kolvenbach aus Nürnberg. Zu einem dieser »Marathons« kam Uschi mit. Die Beziehung war wieder in der Krise. Ein »Marathon« war eine Gruppentherapie mit allen möglichen therapeutischen Elementen: mit Gestalttherapie, Urschreitherapie, dynamischer Meditation, Bioenergetik, gegenseitiger Massage usw. usf. Das ganze Charivari fand in einem Matratzenlager zwei Tage lang durchgehend statt, damit sämtliche Schranken und Panzerungen fallen konnten. Spätnachts hörten wir nach der Tagesanstrengung Gheorghe Zamfirs Panflöte und lagen ruhig auf den Matratzen. Da begann ich zu halluzinieren: Ich sah drei Faschingsmasken, grün, wie ich sie in meiner Kindheit in Lengenfeld gesehen hatte; sie musizierten. Beim Abschied küsste Kolvenbach Uschi; vielleicht gehörte das mit zu diesem experimentellen und dazumal neuartigen Sammelsurium von Therapien.

Während ich nun in der Anton-Bruckner-Straße – alles Künstler: Anton-Bruckner-Straße, Gerhart-Hauptmann-Straße, Millöckergasse in Graz (in die wir 1985 zogen) – die Post- oder Spätstrukturalisten studierte, bereitete sich Uschi auf das Examen in Germanistik, Sozialkunde und Geschichte vor. Die Scheidung von Uschi der Ersten – unsere Verbindung war mehr und mehr verblasst – fand 1975 statt; Uschi nahm alle Schuld auf sich, während der wahrhaft Schuldige doch ich war. So scheint es mir jedenfalls, obwohl es Schuld in Beziehungen vermutlich gar nicht gibt. Die zweite Uschi und ich heirateten dann – diesmal ohne kirchliches Ritual (das ja nichts genützt hatte) – am 4. Oktober 1977, Trauzeugen waren Wolf Kittler und Ulrike Musekamp. Am 20. Oktober wurde der – in vollem Bewusstsein gezeugte – Holger Johannes geboren. Ich war bei der – schmerzhaften – Geburt zugegen; aber dazumal war das nur mit einem hartnäckigen Kampf gegen die Ärzte und Schwestern durchzusetzen. Ich hatte mich durchgesetzt. Holger zerkratzte sich in der Nacht das Gesichtchen

– bis ich den Schwestern, die sich um nichts kümmerten, kleine Handschuhe brachte. Während Uschi in der Klinik lag, schrieb ich Beckett einen Brief, den ich allerdings erst 1982 (zusammen mit dem Gedichtband »SEELENSATZ«) abschickte – und auf den ich dann eine Antwort erhielt, abgeschickt aus Ussy am 21. 6. 1982:

> Dear Herr Hiebel
> Thank you for your letter,
> essay and poems.
> I cannot bring myself to
> read about my work, so shall
> not comment on Das Absurde
> und der Witz.
> I am sipping at your poems
> with relish.
> If you ever come to Paris
> look me up.
> With all good wishes.
> Yours sincerely
> Samuel Beckett

Obwohl ich mir vorstellen konnte, dass man mit Beckett durchaus würde schweigend dasitzen können, fürchtete ich jetzt dasjenige, was ich doch seit Jahren so herbeigesehnt hatte: diesem Menschen in die Augen zu sehen. Ich fürchtete, mein Englisch wäre zu dürftig, zu dürftig um eventuelle Gedanken mitteilen zu können. Als ich dann aber 1984 nach einem Urlaub und Erkundungsaufenthalt in England von Brighton über Paris nach Heßdorf fuhr, steuerte ich Ussy (près de La Ferté sous Juarre) an. Ich war einfach der – unüberlegten und ichbefangenen – Annahme, dass Beckett sich in seinem Landhäuschen in Ussy aufhalten würde. Mein siebenjähriger Sohn Holger fuhr mit mir; ich dachte, er würde Becketts Herz schon erweichen. Mit meinem nicht vorhandenen Französisch fragte ich mich in Ussy durch. Neben weiten braunen Feldern und Bauernhöfen lag das karge, weiß getünchte Häuschen Becketts inmitten von Kies, ohne jegliche Pflanzen, ohne Gras, von einer hohen Steinmauer umgeben. Niemand war zuhause. Man sagte mir: Freilich, Beckett komme immer mit seinem 2CV nach Ussy, in rasendem Tempo. Aber er sei im Moment nicht da. Madame Greubl mache Beckett immer die »ménage«. Ich suchte Madame auf, sie meinte, ich solle Becketts Verleger anrufen, Jérôme Lindon, der täglich um 11:00 Uhr mit Beckett telefoniere (welcher nur für Lindon erreichbar sei und in der übrigen Zeit sein Telefon abschalte). Das tat ich: »Do you speak English?« »Non, non, je suis désolé«. Irgendwie versuchte ich zu sagen, dass ich Beckett »des poèmes« gesandt und er mich zu sich »invité« hätte. Lindon rief Beckett an und enttäuschte mich mit der Nachricht, dass sich Beckett an nichts mehr erinnern könne. Ich hinterließ eine Flasche Whiskey. Aber so rasch wollte ich nicht aufgeben. Ich fuhr dann mit Holger nach Paris, in den Boulevard St. Jacques 38. Dort läutete ich die Klingel von »Samuel Beckett« über der Klingel mit dem Schildchen »Suzanne Beckett«. Niemand reagierte. Ich warf eine Postkarte in den Postkastenschlitz und begab mich mit Holger (der übrigens mit ungefähr fünf ein gar nicht ungeschicktes Portrait von Truman Capotë gezeichnet hatte) auf eine Bank, von der ich die Häuserfront beobachten konnte. Ein Fenster öffnete sich – war das Becketts Wohnung? Oder lag sie statt an der Front nach hinten (mit Blick auf das Gefängnis)? Ein Mann

– klein, bescheiden – kam aus der Haustür. War es Beckett? Ich wagte nicht, den Mann anzusprechen. Später gingen wir beide nochmals zur Haustür, ich läutete, keine Reaktion – aber die Karte war aus dem Postkasten verschwunden. Das war meine Begegnung mit Beckett.

1979 starb meine Mutter (10 Jahre nach dem Tod meines Vaters). Es war der 10. Januar. Das Begräbnis fand an einem eisigen Tag statt, die Sonne schien auf glitzernden Schnee, auf dem Autodach lag eine Decke feinsten Pulverschnees, federleicht, zum Wegblasen. Kurz zuvor hatte ich die Mutter noch besucht, unbewusst wissend um das baldige Ende. Als ich von der Froschenseestraße 41 in Füssen losgefahren war, hatte sie mit ausdruckslosem Gesicht – nicht wie sonst mit Tränen in den Augen – am Fenster gestanden.

Die Eiseskälte erinnerte mich an ein Gedicht von William Carlos Williams:

Complete Destruction

It was an icy day.
We buried the cat,
then took her box
and set match to it

in the back yard.
Those fleas that escaped
earth and fire
died by the cold.

Der Tod meines Vaters, der wegen seiner durch eine Gelbsucht in Russland verursachte Leberzirrhose mehrfach die Klinik hatte aufsuchen müssen, war – 1969 – dann doch überraschend gekommen. Während die Mutter mit meiner Schwester auf einer Urlaubsreise in Tunesien war, hatte sich der Vater mit seiner Freundin in einem Gasthaus in Pfronten einquartiert; sie war am 2. Juli mit am Ufer des Hopfensees gewesen, als der Vater ins Wasser stieg und an einem Herzschlag starb.

Jetzt lagen sie, die Eltern, die ein Leben – mit Kindheit – Jugend – Krieg – Kriegsfolgen – hinter sich hatten, scheinbar vereint in der Erde. Die Unbegreiflichkeit der Welt, des Lebens war mir unmittelbar vor Augen. Der Vater war am 20. April 1910 in Prag geboren worden; die Mutter am 9. Juli 1913. Im September 1949 war der Vater aus russischer Gefangenschaft zurückgekehrt, aus Sibirien; damit hatte die Familientragödie begonnen. Sie konnten zueinander nicht kommen. Der Vater durfte nicht weinen, wenn er vom Tod der »Kameraden« an der Front erzählte oder von seinem vermissten Zwillingsbruder Franz. Also suchte er sich eine Freundin. Damit war das Unglück besiegelt. Ich habe ihn aber 1966, dumm wie ich war, noch wegen seiner Freundinnen – als moralistischer Parteigänger der Mutter – »Schwein« genannt, worauf er einen schweren Aschenbecher aus massivem Glas auf mich werfen wollte, dann aber den Arm sinken ließ. Ich habe den Balken in meinem Auge nicht gesehen.

Das schäbige VDK-Häuschen in Füssen, in das die Eltern Anfang 1969 von Fürth zurückgezogen waren und in dem die Mutter seit dem Tod des Vaters gewohnt hatte, wurde verkauft. Die Schwester erhielt 100.000 Mark, weil sie eine schlechtere Ausbildung als ich erhalten, das heißt, nur eine Realschule in Kaufbeuren besucht hatte, ich erhielt 80.000 Mark. So suchten Uschi und ich ein Reihenhaus in der Erlanger Gegend, fanden eines in Heßdorf und erwarben es mit dem bescheidenen, aber gerade ausreichenden Erbe und mit Hilfe des Geldes, das Uschis Eltern zuschossen.

War es Vergeltung? Oder war es gar keine Reaktion auf mein Tun? Holger war erst ein Jahr alt, da fand Uschi einen sehr attraktiven Typen – mit langem, schwarzem, lockigem Haar – unwiderstehlich. Sie wollte ins »Kino« gehen mit diesem Konkurrenten – und als sie um drei Uhr nachts noch immer nicht zuhause im Schwalbenweg 3 war, wusste ich Bescheid. Das Herz raste und trommelte. Und ich schnellte förmlich auf dem Fahrrad hinunter zur Wohnung, in der ich die beiden vermutete. Da stand auch schon ein Wächter an der Treppe, ich boxte den Gorilla mit aller Macht, die mir die unbändige Eifersucht und die Empörung verliehen, zur Seite und stürzte nach oben, öffnete eine Zimmertür und zog das Leintuch von den beiden Körpern weg. Was dann geschah, weiß ich nicht mehr. Eine Wiederannäherung dauerte lange; erst Jahre später erfuhr ich, dass die Sache noch einige Wochen weitergegangen war.

Die nächste Racheaktion, wenn es denn eine war, war wieder eine selbst verschuldete. Während Uschi Hannah stillte, die am 3. November 1983 geboren worden war, hatte ich erneut in den Sommerferien einen Literaturkurs für ausländische Studenten (und Studentinnen) übernommen. Eine bildschöne Studentin von den Fiji-Inseln, Ranudja Kuver, mit schwarzem langen Haar, ganz in Weiß gekleidet, hatte es mir angetan. Ich ging mit ihr in eine Gemäldeausstellung – war es Miró? – und versuchte – vergeblich – ihr näherzukommen. Uschi wusste davon. Und dann, bald danach, kam die Rechnung.

(Beim zweiten Mal war es bereits nicht mehr so schwierig, bei der Geburt dabei zu sein. Ich kam in letzter Sekunde von einer Prüfung in der Universität und konnte noch sehen, wie die kleine Hannah Christina in die Höhe gehalten wurde; sie hatte sehr lange Fingernägelchen. Der Arzt sagte, sie hätte für kurze Zeit die Nabelschnur um den Hals gehabt. Hat das ein Trauma hinterlassen?)

Die Rechnung: Uschi hatte am Ohm-Gymnasium in Erlangen, wo sie ihre Referendarzeit absolvierte, einen Kollegen kennen- und lieben gelernt. Nach vielen Tagen des Schweigens und meiner unbewussten Wahrnehmung, dass da etwas nicht stimmen konnte, gestand sie die Affäre. Sie verzichtete dann – und auf einer Reise nach Kroatien stellte sich die alte Verliebtheit und Begehrlichkeit bei mir wieder ein.

Ich weiß um meine Schuld. Und ich weiß auch um deren Ursachen.

Fauxpas mit Folgen

Das Kapitel Erlangen endete mit einer Katastrophe. Ich habe darüber in fiktivem Gewand »Die Entlassung« (in dem Bändchen »Dreharbeiten«) geschrieben. Im Erlanger Schloss befand sich die Universitätsverwaltung mit Inskriptionsbüro und mit Kanzler und Präsident. Man sprach vom Verwaltungsgebäude als vom »Schloss«. Was bot sich besser an als Kafkas Roman »Das Schloss«, um die Erlanger Ereignisse ins Fiktive zu heben. In einer Art Säkularisierung. Es war die Universität, in die ich nicht und nicht – so wenig wie K. ins Schloss – gelangen konnte. Ich hatte sozusagen nur Gaststatus.

Nach sechs Jahren Assistentenzeit war in Westdeutschland in der Regel der Ofen aus. Man musste sich habilitiert haben – was mir indes 1982 gelungen war – und man musste eine Professur erhalten. Auf eine frei werdende Professur kamen damals – es war wohl der schlimmste Engpass dieser Dezennien – im Durchschnitt hundert Bewerbungen. Dem Assistenten Heinz Schlaffer gelang es, ohne Protektion eine Professorenstelle in Marburg zu erhalten, wo er dann zusammen mit Gert Mattenklott die Germanistik dominierte. 1972, mit 33 Jahren, war Schlaffer zum einzigen Ordinarius bei einer Zahl von 3000 Germanistik-Studenten ernannt worden. Mattenklott kam ein Jahr später zu Hilfe.

Nun gab es aber für gewesene Assistenten noch Rettungsanker: den Konservator, den Akademischen Rat und die C2-Professur. Auf eine C2-Professur konnte man ohne Berufung gelangen – eine solche Berufung musste der Anwärter auf eine C4-Professur erreichen, um zu einem Ordinariat zu kommen; eine sogenannte Hausberufung war für C2-Stellen möglich (was für Kandidaten, die eine C4-Professur anstrebten, nicht erlaubt war). Klaus-Dieter Schlüer schaffte es, wohl mit Hilfe von Kurt Wölfel, dessen Assistent er gewesen war, eine Stelle als Konservator oder Akademischer Rat zu erhalten, obwohl er nicht einmal promoviert war. Der Assistent von Ulrich Fülleborn, Theo Elm, bekam, sicherlich durch engagiertes Auftreten Fülleborns, eine C2-Professur. Ich hatte nicht den Ehrgeiz, ein Ordinarius zu werden (also mich zum C4-Professor emporzuschwingen); ich hatte wohl auch nicht die Qualitäten, die dergleichen voraussetzte; weder im Reden noch im Schreiben. Ich strebte eine Mittelstufe oder, wenn man will, eine Unterstufe an. Das misslang. Vor allem machte mir meine entsetzliche Schüchternheit einen Strich durch die Rechnung. Ich hatte kein Selbstvertrauen, keine Durchsetzungskraft. Das Loch am Ende der Assistentenzeit hatte mir allen Schneid abgekauft. Wie sollte es also weitergehen?

Meine Arbeit über die Raumsymbolik in Franz Kafkas »Der Proceß« hatte Wölfel gefallen; Schlaffer und Schlüer hatten sie ebenfalls gelesen und gelobt. So konnte ich eine Hilfskraftstelle und dann eine Mitarbeiterstelle beim »Wörterbuch der Poetik« erhalten. Ich hatte mir also schon seit 1966 mein Studium – natürlich auch mit Uschis (der Ersten) Hilfe – selbst finanziert. Die Arbeit am Wörterbuch dauerte bis 1972, als ich meine Dissertation über die Epos- und Romantheorie abschloss und dann eine Assistentenvertretung erhielt. Danach bekam ich von Wölfel eine richtige Assistentenstelle, die nach sechs Jahren – wie üblich – auslief. Heinz Schlaffer hatte bereits ein Jahr bevor ich meine Dissertation fertig hatte, also 1971, seine Habilitationsschrift »Musa iocosa« zur erotischen Literatur abgeschlossen. Meine Habilitation dauerte bis 1982. Ich wusste lange nicht, ob Wölfel mit einer Arbeit – und gar zu Kafka – überhaupt einverstanden sein würde; ich wagte es nicht zu fragen; aber ich packte die Sache dann nach Jahren des Zögerns doch endlich an und schrieb über Recht, Macht und Begehren in Kafkas Werk. Der Weg dahin führte über die Lektüre von Deleuze und Guattari, von Lacan und Derrida, von Barthes, Lévi-Strauss und Michel Foucault (und natürlich die endlose Kafka-Literatur) zu einer post- bzw. spätstrukturalistischen Studie über den »Proceß« und verschiedene Erzählungen sowie Fragmente und Entwürfe. Alles fing an mit Gilles Deleuze' und Félix Guattaris »Kafka. Pour une littérature mineure« von 1975, das ich – bevor noch die deutsche Übersetzung erschien – zu studieren versuchte. Das war nun wahrhaftig eine andere Literaturbetrachtung als die mir bis dahin bekannte. Es war das ganz Andere. Kafkas Werk war ein »Rhizom«, ein Bau, der den Eingang verwehrte. Der »Feind« war der »Signifikant«. Kafka lösche jede Signifikation; seine Werke seien weder wörtlich noch metaphorisch zu verstehen, man könne sie nicht interpretieren, sondern nur erfahren, ihre »Intensitäten« erkunden. Kafkas Werk war eine »Wunschmaschine«, die ihrerseits aus der Koppelung von verschiedensten Wunschmaschinen bestand. Welch ein Affront! Hintergrund war der »Anti-Oedipe« der beiden Autoren mit seiner Theorie des Gegensatzes von Paranoia und Schizophrenie, penibler Zwanghaftigkeit und schizoider Verweigerung als Reaktionsformen im Kapitalismus. Wolf Kittler, Assistent bei Gerhard Neumann, der nach Erlangen berufen worden war, brachte Jacques Lacan in die Diskussion ein. Lacans Theorie ging von der Entwicklung des »besoin« (Bedürfnis) über die »demande« (Bitte) zum »désir«, dem Begehren, aus, das er mit dem »Phallus« (der nicht dem realen Penis entspricht) oder d e m »Signifikanten« in Verbindung brachte. Vom sogenannten »Spiegelstadium« der Dyade und seinem »Imaginären« geht es zum »Großen Anderen«, der Sprache, der Sprache des »Dritten«. In Anlehnung an Sigmund Freuds »Traumdeutung« stellte Lacan die Verfahren der »Metapher« (der Überlagerung von Signifikanten/Wortkörpern) und der »Metonymie« (des Ersetzens eines Signifikanten durch einen anderen zum Zweck der Verschiebung bzw. der Maskierung und Entstellung des Begehrens) ins Zentrum seiner Schrift »Das Drängen des Buchstabens im Unbewußten«, enthalten in seiner Sammlung »Schriften« bzw. »Écrits«. Auch das war das wahrhaftige Andere, ein Wortwerk, ein Feuerwerk, konstruiert aus den Grundannahmen Sigmund Freuds. Jacques Derridas »Freud und der Schauplatz der Schrift« weitete das Konzept der metaphorischen und metonymischen Verfahren auf den gesamten Sprachbereich aus. In nichts unterscheide sich die Logik der gewöhnlichen Sprache von der Sprache des Unbewussten. Es gebe kein Zentrum der Wahrheit; die Grundaxiome eines Diskurses verschöben sich von Entwurf zu Entwurf. Interpretation sei (wie bei Nietzsche) ein Zurechtmachen der Wirklichkeit. Derridas Hauptbegriff war die »différance« (mit »a« statt mit »e« geschrieben): der endlose Aufschub des Begehrens. Er hat dieses Theorem im Übrigen in einer fulminanten Auslegung der Kafka'schen Parabel »Vor dem Gesetz« (in dem der Eintritt des Mannes vom Lande in das »Gesetz« lebenslang hinausgeschoben wird) illustriert. Was eignete sich besser für die Interpretation der Kafka'schen Verschiebung als die Konzepte Lacans und Derridas. »Ein Landarzt« erschien mir als der Inbegriff der »symbolischen Kastration« (Lacan) und des unbegrenzbaren »Aufschubs«

(Derrida). In Michel Foucaults »Überwachen und Strafen. Die Geburt des Gefängnisses« fand ich ein Theorem, das Kafkas Erzählung »In der Strafkolonie« wie kein anderes zu erhellen vermochte. Foucault beschrieb die Veränderung des Diskurses des Strafrechts von der mittelalterlichen körperlichen Marter hin zu der neuzeitlichen Disziplinargesellschaft mit ihrer Einschreibung der »Hemmzeichen« in die Seele der Subjekte. Die Erzählung »In der Strafkolonie« koppelt die mittelalterliche Marter mit der modernen Einschreibung der psychischen und sozialen Verbote. Bekanntlich schreibt in der Erzählung die Martermaschine mit ihren Nadeln das »Urteil« dem Delinquenten in den Leib (und im übertragenen Sinne in die Psyche).

Roland Barthes hatte in »S/Z« – zusammen mit seinen Studenten – anhand der Analyse der Balzac'schen Erzählung »Sarrasine« die Segmentierung in »Lexien«, Leseeinheiten, entwickelt. »Sarrasine« ist die Geschichte eines Kastraten, eines Sängers, der als Frau, als »Zambinella«, auftritt – in diesem Namen erscheint das männliche »Z«, das eigentlich in »Sarrasine«, das für »Sarrazin« steht, vorhanden sein müsste, wieder: »S/Z«. Die reale Kastration bei Balzac wird in Kafkas »Ein Landarzt« zur symbolischen Kastration, wenngleich diese im Bild einer – verschobenen – leiblichen Wunde zur Sprache kommt. Die Wunde ist »rosa«, und dieses Rosa kann man mit dem Dienstmädchen »Rosa«, das von einem Pferdeknecht vergewaltigt wird, in Verbindung bringen. Barthes unterteilte die Balzac'sche Erzählung, wie gesagt, in »Lexien«. Ich übernahm diese Technik – mitsamt deren Kriterien bzw. Codes. Barthes ging von einem Handlungscode aus, einem symbolischen Code (der Parallelen und Antithesen), einem semischen Code (der Charakterisierung von Atmosphären und Figuren), dem hermeneutischen Code (der Rätselsetzung und Rätselauflösung) sowie dem referentiellen Code der Anspielungen. Natürlich baute der Poststrukturalismus, den man besser Spätstrukturalismus nennen sollte, auf dem klassischen Strukturalismus auf, der in der Linguistik (vor allem bei Ferdinand de Saussure) begann und dann von Lévi-Strauss auf die Ethnologie (auf das Verhältnis von Mythenform und Gesellschaftsbasis) übertragen worden war. Saussures Kernstück ist die Theorie vom arbiträren bzw. willkürlichen Signifikanten bzw. Wortkörper und dem ihm zugeordneten Signifikat bzw. Vorstellungsschema, vom willkürlichen Wortleib, dem Bedeutenden, und dem mit ihm verknüpften Vorstellungsschema, dem Bedeuteten. Also von der Zeichentheorie ging der Strukturalismus samt Spätstrukturalismus aus, weshalb ich der Veröffentlichung meiner Habilitationsschrift den Titel »Die Zeichen des Gesetzes« voranstellte. »Konfigurationen des Rechts, der Macht und des Begehrens« hatte der ursprüngliche Titel gelautet. Den Landarzt-Teil veröffentlichte ich getrennt vom Hauptteil. Es dauerte also zumindest von 1975 bis 1982, bis ich wusste, was ich wollte, und mein Projekt beenden konnte. Ich war 41 Jahre alt; Schlaffer hatte mit 33 eine Professur erhalten. Bald würde man mir sagen, ich sei zu alt für eine Anstellung. Senkrechtstarter müsste man sein. Ich bin ein Spätzünder.

Meinen Habilvortrag hielt ich über Missverstehen und Sprachlosigkeit im »Bürgerlichen Trauerspiel« (bei Lessing, Schiller, Hebbel); er erschien 1983 im Jahrbuch der Deutschen Schillergesellschaft. Ich erinnere mich, dass mir während des Vortrags die Schweißperlen den Rücken hinunterkullerten. Michael Zellers Habilitationsvortrag war kurz zuvor nicht akzeptiert worden. Man wusste wirklich nicht, wie die versammelte Philosophische Fakultät entscheiden würde. Ich erinnere noch, dass der Historiker Stürmer während meines Vortrags und der anschließenden Fragestunde in gelangweilter und arroganter Weise Zeitung las.

Die Assistentenzeit war also zu Ende. Ich konnte es gerade noch schaffen, dass Wölfel meine Studie begutachtete (und mit ihm Ulrich Fülleborn und Gerhard Neumann). Wölfel war ein halbes Jahr im Ausland gewesen, in Ann Arbor (oder war es Lissabon?); jedenfalls bangte ich, er käme nicht zur Lektüre meiner Arbeit, denn er hatte, wenn ich nicht irre, bereits einen Ruf an die Universität Bonn (wo er dann von 1982 bis 1992 lehrte). Aber er meinte, er verstünde, worauf ich hinauswollte. Das war vermutlich deshalb der Fall, weil ich die Kafka'schen Werke doch ganz textnah interpretiert hatte, trotz der theoretischen Orientierung des Ganzen. Mit Helmut Pfotenhauers Habilitation über Friedrich Nietzsche konnte er zunächst »nichts anfangen«. Aber Pfotenhauer, der fünf Jahre jünger war als ich, also auch ein relativer Senkrechtstarter, erläuterte Wölfel, dass er Nietzsche ganz einfach als Schriftsteller und nicht als Philosophen behandelt habe. Wölfel akzeptierte. Aber was sollte nun nach der Assistentenzeit kommen?

Wölfel hatte ein freundschaftliches Verhältnis zu Ursula Naumann entwickelt, protegierte sie, obgleich sie keine Habilitation aufzuweisen hatte und im Oberseminar sich noch zaghafter als ich geäußert hatte. Ursula Naumann hatte mir einmal während eines Wochenendausflugs der Wölfel-Truppe versichert, sie wolle mir – und auch Gisbert Ter-Nedden, der nach Schlaffer und Schlüer bei Wölfel Assistent geworden war – niemals im Wege stehen, wenn wir einmal ohne Stelle dastünden. Das schien jetzt in Vergessenheit geraten zu sein. Ich, eingeschüchtert, wagte es nicht, mit Wölfel ein offenes Wort zu sprechen. Von ihm, dem Älteren und Etablierten, kam auch kein Wort. Uschi hatte nach ihrem Examen in Germanistik, Sozialkunde und Geschichte noch keine Stelle an der Schule erhalten; unser Sohn Holger war fünf Jahre alt, die Tochter Hannah war unterwegs. Was tun? Ich vermutete, Ursula Naumann würde von Wölfel irgendeine Stelle erhalten, auf die unter Umständen auch ein Habilitierter gesetzt werden könnte. Aber alles verlief in Wortlosigkeit. Und mehr unbewusst als bewusst. Ich spürte nur eine Macht, der gegenüber ich ohnmächtig war. Ich fühlte mich wie der sprachlose Frosch im Angesicht der Schlange. Ich fühlte mich wie Josef K. im »Proceß«.

Doch es gab eine Möglichkeit der Rettung: Unter gewissen Umständen war eine Verlängerung um drei Jahre denkbar, das heißt, die Anstellung als Akademischer Rat auf Zeit war theoretisch möglich. Dafür musste sich der Doktor- bzw. Habilitationsvater aber einsetzen. Der war aber schon nicht mehr richtig zuständig – wegen der Berufung nach Bonn; und er betrachtete mich wohl als jemanden, der jetzt auf eigenen Beinen zu stehen hatte. Wenn er schon etwas tun würde, so meine damalige Vermutung, dann für den hervorragenden Theoretiker Gisbert Ter-Nedden und für Ursula Naumann. Würde ich eine Verlängerung erreichen, so würde die Stelle für andere blockiert sein – diese Konsequenz kam mir aber nicht in den Sinn, weil ich meinte, mit meiner Habilitation hätte ich mehr Rechte als Unhabilitierte oder Nichtpromovierte.

Jedenfalls saßen wir bei einer Universitätsveranstaltung – zum Thema »Schweineberg« – in derselben Bankreihe: Kurt Wölfel mit Ursula Naumann an seiner Seite, ich einige Sitze weiter rechts. Kein Wort von Wölfels Seite zu meiner Misere – kein Wort von mir, dem jetzt völlig Verschüchterten, dessen normale Schüchternheit krankhafte Ausmaße angenommen hatte. Ich fühlte mich als ein Nichts. Ich wagte nicht, den Mund aufzumachen. Von Selbstbewusstsein keine Spur. Meine Natur? Oder die missliche Lage, die einem jeden den Wind aus den Segeln nehmen kann? Beides. Eine Art Lähmung. Selber schuld. Selber schuld?

Die Rede vom »Schweineberg« betraf den Engpass für Habilitierte (ich war keine Ausnahme); die ökonomische und landwirtschaftliche Metapher ging davon aus, dass einfach zu viele Assistenten ausgebildet worden seien – so als hätte man zu viele Schweine gemästet oder zu viele Butterpfunde produziert, die keine Abnehmer mehr fanden; jetzt stockte der Absatz, die Verwendungsmöglichkeit. In Gesprächen mit Kollegen oder Vorgesetzten, zum Beispiel mit dem Linguisten Horst Haider Munske, bekam ich vorgehalten, es habe ja ein anderer Assistent vor sechs Jahren auch gehen müssen, damit ich in den »Genuss« meiner sechs Jahre kommen konnte. Gut und schön. Aber wozu die ganze Ausbildung? Ich hatte ja schließlich von 1961 bis 1982 – 19 Jahre lang – studiert und Wissen und Fachkompetenz gesammelt! Gab es keine, auch noch so bescheidene Möglichkeit, das akkumulierte Wissen sinnvoll an Studenten weiterzugeben? Alles umsonst? Alles zerrinnend? Klaus-Dieter Schlüer, der eine Dauerstelle bekommen hatte, meinte, ich würde schon etwas finden. Von überall her tönte es: Wir müssen an den Nachwuchs denken … Ein noch größerer »Schweineberg«?

Anyway … Ich saß also in einer Reihe mit Wölfel und Ursula Naumann, und Wölfel hatte einen Brief in der Tasche, vom Kulturministerium in München. Das erfuhr ich später über Dritte. Wölfel sagte mir nichts vom Brief und seinem Inhalt. Was war aus der anfänglichen – beiderseitigen – Sympathie geworden? Die Mitteilung des Ministeriums enthielt die Information, dass ich zwar die Lehrbefähigung erworben hätte, aber nicht die Lehrbefugnis, und dass ich deshalb für den Akademischen Rat auf Zeit nicht in Frage käme. Davon hörte ich erst später. Später wurde mir auch hinterbracht, dass Wölfel angeblich meine auslaufende Stelle an Ursula Naumann weitergeben wollte. Ich hatte schon länger nicht mehr Wölfels Wohlwollen, was ich unbewusst registriert haben musste (während es doch ein Leichtes gewesen wäre, dies auch bewusst wahrzunehmen). Alles war dunkel wie im »Proceß«. Was war der Grund? Ich war ein Nichts, nicht nur von Natur aus, sondern auch deshalb, weil die Umstände mich, den Heimatlosen, jetzt zu einem vollkommenen Nichts gemacht hatten. Trotz Doktorat und Habilitation. Niemals habe ich einen niedrigeren Stand des Selbstbewusstseins und der Nichtigkeit erreicht als in jenen Tagen. Wirklich. Ich nahm etwas wahr, aber wusste nicht was. Mit Kurt Wölfel war nicht zu rechnen, an den ich – unbewusst – als Vater und Beschützer hatte glauben wollen. Ich ging also zum ›Feind‹ des Wölfel-Lagers, dem Lager um Ulrich Fülleborn (mit dem Assistenten bzw. C2-Professor Theo Elm). Und Fülleborn erklärte sich doch tatsächlich bereit, mit mir ins »Schloss« zum Kanzler Köhler zu gehen. Und er erreichte es unbegreiflicherweise, dass ich die Lehrbefugnis erhielt und mir die drei Jahre als Akademischer Rat auf Zeit gewährt wurden. Ich freundete mich mit dem gegnerischen Lager an, vor allem mit Theo Elm, der mit seiner Frau mir gegenüber in der Anton-Bruckner-Straße gewohnt hatte. Theo Elm hatte sich über die »Moderne Parabel« habilitiert; selbstverständlich spielten da die kaum deutbaren, sinnverweigernden Parabeln Kafkas eine zentrale Rolle. Wir hatten eine Gemeinsamkeit.

Jetzt war es mir also erlaubt, noch drei Jahre zu bleiben, mich zu bewerben, Vorlesungen und Seminare zu halten. Ich hielt eine Vorlesung über Henrik Ibsens Dramen (aus der später das Buch »Henrik Ibsens psycho-analytische Dramen« hervorging). An »Rosmersholm« und an »Klein Eyolf« konnte ich die Verbindung psychoanalytischer Gedanken und Modelle mit der analytischen Technik, also der retrospektiven, detektivischen Aufklärung vergangener Ereignisse, aufzeigen. Ich bewarb mich auf jede ausgeschriebene Professur – und war stets nur einer unter den jeweils achtzig bis hundertzwanzig Kandidaten. Auf Protektion konnte ich nicht zählen. Ich war zu einer Persona ingrata, einer »nonentity« geworden. Ich musste mich darum bemühen, Lehrstuhlvertretungen wahrnehmen zu können, Verbindungen zu knüpfen. Da tat sich auch eine Möglichkeit auf: Peter Horst Neumann hatte – obwohl des ›Feindes‹ Fülleborn Zögling – die Wölfel-Stelle in Erlangen erhalten. In Gießen war dadurch sein Lehrstuhl frei geworden, und ich erhielt die Möglichkeit der Vertretung der Professoren-Stelle. Gießen, wo Georg Büchner studiert hatte, mit der Nähe zu Marburg, wo sich die »Arbeitsstelle Georg Büchner« befand (die die kritische Edition der Büchner'schen Werke betrieb), war ein willkommenes Pflaster, hatte ich doch schon Büchners Oeuvre zum Gegenstand der mündlichen Prüfung im Staatsexamen (1968) gemacht und mich mit Büchner, diesem wirklichen – und m. E. einzigen – Genie der deutschen Dichtung, immer aufs Neue befasst. So pendelte ich zwischen Gießen und Erlangen mit einem neuen, heliosblauen Opel Vectra hin und her, so oft ich nur konnte, denn gerade eben, 1983, war unsere Tochter Hannah geboren worden. Ich erinnere mich nur noch an Kamillentee – denn die drohende Arbeitslosigkeit und die

Ungewissheit, ob auch Uschi eine Stelle am Gymnasium erhalten würde, waren erdrückend und führten zu einer chronischen Gastritis. Eine zweisemestrige Lehrstuhlvertretung in Freiburg i. Br. schlug ich schweren Herzens aus (sie Ter-Nedden vermittelnd), weil ich schlichtweg Uschi mit Holger und Hannah nicht lange allein lassen konnte und wollte.

Aber es galt Verbindungen zu knüpfen.

Sir Malcolm, Professor Malcolm Pasley, verwaltete den Nachlass Franz Kafkas, der in der Bodleian Library in Oxford lagerte. Als ich im Sommer 1983 von Birmingham nach London fuhr, stieg ich, einem plötzlichen Einfall gehorchend, in Oxford aus und machte mich auf den Weg ins Magdalen College. Sir Malcolm war nicht da, aber man gab mir seine Privatadresse. Ich läutete. Pasley kam heraus und führte mich ohne Zögern und Fragen in sein Arbeitszimmer; auf dem Schreibtisch häuften sich die Papiere, Kafka-Manuskripte. Ich erklärte Pasley, dass ich mich über Kafka habilitiert hatte. Wenige Wochen später lud mich Pasley zu einem Vortrag nach Oxford ein; ich sprach über die Parabelformen in »Der Verschollene«. Einer der engagiertesten Diskutanten war Richie Robertson (der künftige Kafka-Spezialist). Ich wurde im Magdalen College untergebracht. Ich fühlte mich wie in einer Kirche. Ich nahm auch an einem – ganz von Ritualen geprägten – Abendmahl am »High Table« teil. Die Fellows trugen Talare. Es war wie an der Tafel bei König Artus. Ich fühlte mich in die Grals-Runde aufgenommen. Ich erinnerte mich an die Zeit, als ich Ministrant war – und noch relativ gläubig. Ich kann nicht leugnen, dass ich alles mit Respekt und Ehrfurcht erlebte. Schließlich war ich ja ein autoritätshöriges Kind, dessen Leidenschaft die Bewunderung anderer war.

Zu der Zeit fand in London eine Kafka-Konferenz statt. Ich hatte zu spät davon gehört, hatte keinen Vortrag parat. Aber ich besuchte die Tagung; mein späterer Freund Ron Speirs aus Birmingham sprach über »Bewegung« in der Erzählung »Das Urteil«. Ich saß mit Helmut Heissenbüttel und einem Kafka-Experten am Mittagstisch; die beiden würdigten mich keines Blickes und keines Wortes. Am Ende der Veranstaltung stellte mir Pasley Marianne Steiner vor, der Nichte Franz Kafkas, Tochter von Kafkas Schwester Valli (Valerie), verheirateter Pollak. Ich berichtete Marianne Steiner von meinen Kafka-Arbeiten; sie war an meiner Interpretation von »Ein Landarzt« interessiert. Zuhause in Erlangen angekommen, schickte ich ihr meine Kafka-Publikationen. Alle diese Ereignisse dienten mir dazu, Verbindungen zu knüpfen, um schließlich eine Stelle – irgendeine Stelle – zu bekommen, sodass ich würde leben und mein Wissen weitergeben können.

Die drei Jahre gingen zur Neige. Jetzt wurde es langsam wieder kritisch. Sollte ich ein DFG-Projekt beantragen und mich an eine Edition der Schriften Jakob Michael Reinhold Lenz' machen? Würde mir Wölfel in irgendeiner Weise behilflich sein? Sämtliche meiner Bewerbungen waren abgelehnt worden. Das war kein Wunder, denn wenn nicht ein Mäzen in einer Berufungskommission saß, hatte man, auch wenn man gut war, keine Chance. Ich bewarb mich in Österreich. Ich bewarb mich in Kairo. Kein Glück. Ich bewarb mich für eine Langzeitdozentur des DAAD, des Deutschen Akademischen Austauschdienstes, in England. In der Kommission saß Wölfel. Ich weiß nicht, ob ich es ihm zu verdanken hatte, aber ich lag – zusammen mit Dietrich Scheunemann – in der Zielgeraden. Was verlockend erschien, das war die Tatsache, dass diese Dozentur von der University of Sussex, meiner ehemaligen Wunschheimat, ausgeschrieben worden war. Die Unterrichtsprache sollte Englisch sein, was kein leichtes Stück zu werden versprach. Ich machte mich also darauf gefasst, das Reihenhaus in Erlangen zu verlassen und mit Uschi, Holger und Hannah auszuwandern. Uschi sollte mit den Kindern später nachkommen. Sie sollte, so meine Vorstellung, ihre Stelle am Emmy-Noether-Gymnasium in Erlangen, die sie endlich doch bekommen hatte, aufgeben und mir folgen. Sie stimmte letztlich zu. Ich erhielt die Stelle als »Reader« für Deutsche Literatur tatsächlich; der Dekan der *School of European Studies* der University of Sussex bei Brighton, John C. G. Röhl (alias Roehl), hatte sich für mich eingesetzt. Es fiel mir schwer, die kleine, ein Jahr alte Hannah zurücklassen zu sollen; so bat ich darum, erst im Wintertrimester, im Januar 1985, anfangen zu dürfen. Das wurde mir zugestanden. In der Zwischenzeit wollte sich Röhl, der in dem idyllischen Dorf Kingston bei Lewes wohnte, nach einem schönen Cottage für uns umsehen. Ein fürstliches Gehalt erwartete mich: das Einkommen als »Langzeitdozent des DAAD« und dazu das Gehalt eines Readers. Aber die Stelle war auf fünf Jahre befristet. Was würde danach sein?

Ich war mit dieser Lösung – war es eine »Lösung«? – nicht wirklich glücklich. Ich wollte bleiben, in Deutschland bleiben, in Erlangen bleiben, im Reihenhaus in Heßdorf bleiben, in der Erlanger Friedrich-Alexander-Universität bleiben, wo ich studiert hatte und mich auskannte, wo es so vielen geglückt war, bleiben zu können. Ich war stur wie Josef K., der unbedingt freigesprochen werden wollte, ich war wie K., der unter allen Umständen ins Schloss gelangen wollte, dort eine Stelle als Landvermesser – wie er es sich in den Kopf gesetzt hatte – antreten wollte. War ich unbescheiden? Sicher hielten mich alle diejenigen, die fest im Sattel saßen, für unmäßig. Aber es war, wie es war. Ich war nicht Masochist genug. Die Vorstellung, als Habilitierter Taxifahrer (in Erlangen oder Nürnberg) zu werden – wie Christian Wilke, ein Schüler Wölfels – oder von gelegentlichen Zeitungsartikeln leben zu sollen – wie Michael Zeller – versetzte mich in Panik, mich, der ich meine Kenntnisse, so glaubte ich fest, nicht vergeblich erworben hatte. Oder sollte ich wie der geistreiche Eike Fuhrmann, den Wölfel in die Wüste hatte ziehen lassen, auf eine Dauerstelle nach Turku gehen? War Brighton besser? Hier, in Erlangen, wollte ich bleiben!

Gab es Möglichkeiten? Ja, es gab sie. Vor mir – und auch nach mir – hat man Assistentenstellen – nun durchaus auf Kosten des »Nachwuchses« – in Konservatoren-, Rats- oder Professorenstellen umgewandelt, also in Dauerstellen (nicht nur in die Dreijahresstellen des Rats auf Zeit). Und es gab jetzt eine Art Hilfsfonds gegen den »Schweineberg«, die Überproduktion von Habilitierten, die ausgerechnet gerade um 1984 herum kulminierte: die Fiebiger-Professuren auf Zeit. Nikolaus Fiebiger, Präsident der Universität Erlangen-Nürnberg, hatte ein Programm ausgearbeitet, das C3-Professuren auf Zeit, die später wieder eingezogen werden sollten, plante. Das Programm lief dann von 1986 bis 1991. Ich war ein Jahr zu früh dran. Hätte ich noch ein Jahr ausgeharrt, wäre das vielleicht eine Möglichkeit gewesen, in der BRD oder sogar in Erlangen bleiben zu können. Die dritte Chance eröffneten die sogenannten »Überlaststellen«; hierbei handelte es sich um Mittelbaustellen, die ebenfalls dem »Überangebot« Rechnung tragen sollten. Eine solche Stelle war am Institut für Germanistik in Erlangen verfügbar. Aber die Stelle sollte Gisbert Ter-Nedden oder Ursula Naumann zur Verfügung gestellt werden, so ging das Gerücht. Mit dem Mediävisten Bertau – und der Assistentin Elisabeth Schmidt und dem Assistenten Ulrich Wyss – verstand sich Ursula Naumann gut. Von Gisbert Ter-Nedden hörte man wenig; wartete er geduldig auf Wölfels langen Arm? (Wölfel hat ihm dann später einen Bewerbungsvortrag in Bonn ermöglicht; aber Ter-Nedden fiel durch, weil sein Vortrag – der, wie ich Ter-Nedden kenne, sicherlich exzellent war – statt 45 Minuten nur 20 Minuten gedauert hatte. Die Entscheidung war natürlich unsinnig, formalistisch, denn Ter-Nedden hatte eine grandiose Habilitationsschrift zu Lessings Dramen verfasst. Später erhielt er dann aber eine Professur an der Fernuniversität Hagen.)

Ich hoffte nun auf eine Zusammenkunft des Institutes und die Klärung, ob ich die Überlaststelle erhalten könnte. Das dauerte und dauerte.

Immer wieder musste ich hören: Sie haben doch England, was möchten Sie denn hier? Sie mit Ihren Talenten! Auch Freund Klaus-Dieter Schlüer meinte, er würde gern ins Ausland gehen, ich möge das doch als große Chance sehen. Sie hatten leicht reden, die fest Etablierten; ich empfand die guten Ratschläge derer, die bleiben konnten und auch ihr Häuschen – in Erlangens Umgebung – nicht verlassen mussten, der deutschen Sprache nicht entsagen mussten, schlicht als zynisch (obwohl sie sicherlich gut gemeint waren).

Da bat mich eines Tages Peter Horst Neumann, der die Wölfel-Professur übernommen hatte, zu einer Tasse Tee in sein Dienstzimmer. Er paffte seine Pfeife, mit der man ihn auch auf der Straße sehen konnte, in einem hellen Regenmantel und mit einem Borsalino auf dem Kopf. Neumann meinte, dass ihm meine Begutachtung der Arbeit von Wicht über Musil gefallen habe und er bereit sei, die Holzberg-Überlaststelle mir zur Verfügung zu stellen, wenn alle Institutsmitglieder einverstanden wären. Ich fragte, wie es mit Ter-Nedden und Ursula Naumann stehe, und er meinte: »Sie haben ja den Trumpf England, ein Trumpf, wie man ihn auch bei Berufungsverhandlungen ins Spiel bringt. Bei Berufungsabwehrverhandlungen«. Frau Naumann könne die Stelle nicht bekommen, da sie nicht ausreichend qualifiziert sei – die Stelle würde sofort eingezogen werden. So seine Behauptung. Jetzt geriet mein Blut in Wallung und ich sah mich schon über alle Köpfe hinwegsegeln: kein Auswandern! Im Haus bleiben! In Erlangen – dem Ort meiner Ausbildung, dem Ort zahlloser Studenten-Kontakte, dem Ort meiner ersten Lehrtätigkeit, dem Geburtsort Uschis. Das war märchenhaft. Ich segelte über Wölfel hinweg. Ich schwebte über Ter-Nedden, Wölfels Liebling. Ich segelte über Pfotenhauer, der mit mir um die offenen Stellen konkurrierte, Kopf an Kopf. Er hatte mich eingeholt, obwohl er fünf Jahre jünger war als ich. In meiner literarischen Verarbeitung der traumatischen – und plötzlich märchenhaften – Situation (gemeint ist »Die Entlassung« im Erzählband »Dreharbeiten«) schrieb ich, meiner Stimmung Ausdruck verleihend: »Endlich! Endlich er an der Spitze!« – »[E]r segelte jetzt über alle hinweg, segelte hoch oben, war endlich der Erste, hoch oben über allen …« Umso schlimmer war der Absturz.

Mir kam plötzlich die Idee, ich könnte ja England versuchen und vielleicht später die Überlaststelle in Anspruch nehmen, wenn sich England als Katastrophe herausstellen würde. Soll doch Ursula Naumann die Stelle gewissermaßen verwalten und mir wieder zurückerstatten, wenn ich zurückzukehren gezwungen sein würde. Eine Rechnung ohne den Wirt. Welch verhängnisvoller Gedanke. Er hat alles zerstört, Erlangen wurde für mich zum Territorium verbrannter Erde. Erlangen wurde tabu.

Da ein Institutstreffen nicht und nicht zustande kam, in dessen Rahmen man die Stellenfrage hätte besiegeln können, wandte ich mich direkt – privat sozusagen – an Ursula Naumann und unterbreitete ihr meinen Vorschlag. Wie konnte ich nur eine Frau, eine begabte Germanistin (die allerdings im Oberseminar meist geschwiegen und sich niemals für die Instituts- und Hochschulpolitik eingesetzt hatte), eine Person mit viel Rückhalt am Institut dermaßen verkennen. Ich legte meinem Brief ein Protokoll bei, das ich Ursula zu unterschreiben bat. Dergleichen hätte Josef K. im »Proceß« auch tun können, stur und verblendet, wie er war. Ursula Naumann sollte unterzeichnen, dass sie die Überlaststelle an mich abtreten würde, wenn ich mich gezwungen sähe, zurückzukehren. Das war das Verhängnisvolle. Schreibe nie mehr einen Brief. Karl Bertau reagierte: »You can't have the cake and eat it«, man kann den Kuchen nicht verzehren und ihn zugleich behalten. Das ganze Institut stand jetzt gegen mich auf. Das war wirklich schiefgelaufen. Große Scheiße. Von nun an waren die Naumanns, die Pfotenhauers, der Wyss, die Schmidt, die Geza Bonath, der Bertau – die früheren Freunde – meine Feinde. Nie mehr würde ich zu ihnen zurückkehren können. Ursula schrieb: »Frau Naumann nimmt keine Stelle gnadenhalber aus der Hand von Hans Hiebel an.« Munske beteuerte wieder: »Sie haben ja England«; er hatte schon 1982, anlässlich der Verweigerung der Lehrbefugnis, zynisch erklärt: »Die drei Jahre Akademischer Rat hätten Sie auch nicht fett gemacht.« Wieder die Schweine-Metapher. Sogar Klaus-

Dieter Schlüer meinte nochmals, dass er gerne ins Ausland ginge. »Sie haben ja England, Sie haben ja England«, tönte es allerorten. Hätte ich nicht England gehabt, hätte ich vielleicht tatsächlich eine Fiebiger-Professur erhalten.

Eine Sekretärin hatte mir nämlich kurz zuvor im Geheimen mitgeteilt, ich stünde auf der Liste der Kandidaten für eine Fiebiger-Professur. Jetzt teilte sie mir mit, ich sei gestrichen worden. Sie wisse nicht, wer dahinter stecke. Bertau? Naumann? Neumann? Wölfel? Natürlich muss man in einer solchen Situation paranoid werden. Neumann wusste jetzt plötzlich nicht mehr, dass er mir die Holzberg-Stelle angetragen hatte. Er schloss sich dem feindlichen Lager an und äußerte kein Wort mehr zu dem Versprechen, das er gegeben hatte. Ich wagte es – in meiner totalen Verschüchterung – nicht, dieses Versprechen zur Sprache zu bringen. Die Mehrheit war sich sicher, im Recht zu sein. Man schloss sich zu einer Phalanx zusammen. Alle lehnten mein Vorgehen, aber eben nicht nur das, sondern mich überhaupt als Person ab. Mit mir zu reden, das kam offenbar nicht mehr in Frage. Das »Schloss« wurde zugesperrt. Alle Vergangenheit war vergessen. Die gemeinsamen Essen und Feiern waren vergessen. Die gemeinsamen Kinobesuche waren vergessen.

Die Freundschaft mit Werner Busse, einem engen Kollegen von Wyss und Schützling von Bertau, war vergessen. Auch unser Autounfall war vergessen. Werner Busse war nach einem gemeinsamen Abend bei griechischem Essen und Retsina am nächsten Morgen zu mir und Uschi in die Anton-Bruckner-Straße gekommen, um seine vergessenen Augentropfen zu holen. Er wollte uns seinen nagelneuen Alfasud vorführen; Uschi lehnte ab, sie war hochschwanger (Sommer 1977, mit Holger). Ich fuhr mit. Aber plötzlich beschleunigte Werner, ich rief noch »Bist Du wahnsinnig?«, und das am Stadtrand und in einer Kurve. Werner wollte einen PKW in der Rechtskurve überholen! Wir schlugen links gegen den Randstein und wirbelten dann nach rechts über die Straße, uns überschlagend, hinein in ein Wäldchen. Werner war tot. Er rührte sich nicht mehr. Ich stieg mit blutigen Fingern zum Autofenster hinaus. Ich lebte. Das konnte ich nicht begreifen.

All das war also vergessen.

(Im Übrigen: Ich habe viele Unfälle erlebt und überlebt. Ich hatte niemals die Schuld. In Frankreich fuhr ich per Anhalter mit einem 2CV-Fahrer in Richtung Mouen par Verson, um meine Urlaubsbekanntschaft Marie-Josèphe Halleux zu besuchen. Wir überschlugen uns in einer Kurve. Hinter Triest wollte ich einen langen LKW mit Anhänger überholen, da fuhr der LKW los, um seinerseits einen langen LKW zu überholen, so blieb mir nur die Möglichkeit, beide – in der Kurve, man konnte nicht sehen, was hinter der Kurve auf einen zukam – zu überholen. Zurückbleiben hätte zu lange gedauert, der überholende LKW hätte mich in den Wald linker Hand gedrückt. Es blieb nur die Flucht nach vorn. Links streifte ich Äste, rechts erwischten mich die riesigen Reifen des überholenden LKWs. Es kam keiner entgegen. In Belgien geriet ein Kleinbus, der mich mitgenommen hatte, auf einer steilen Straße abwärts ins Schleudern. In Italien, in den Bergen vor Rom, fuhr ich per Anhalter mit einem Piloten, der zeigen wollte, was er konnte. Die Reifen quietschten in den Kurven. Plötzlich standen wir vor einem Abgrund und einem Felsen rechts neben der Fahrbahn. Mit Ulrike Musekamp fuhr ich – während unserer kurzen Affäre im Frühsommer 1972 – als Mitfahrer auf dem Sozius ihres Motorrollers. Sie überholte einen Traktor mit Anhänger. Der bog plötzlich nach links ab, ohne geblinkt zu haben, und wir schlitterten zwanzig Meter die Straße entlang. Da soll man nicht an Schutzengel glauben?)

Die alten Freundschaften waren also vergessen. Auch die gemeinsamen Oberseminare bei Karl Bertau. Bertau schrieb mir einen Brief: Ich hätte Ursula nicht als Frau Dr. angesprochen, das Prinzip der Gleichberechtigung nicht geachtet und fälschlicherweise »solange wie möglich« statt »solange als möglich« geschrieben. In einer mündlichen Unterredung meinte Bertau, ich würde schon noch eine Professur erhalten, ich solle da nicht so unsicher sein und bangen. Ein Mann mit einer solchen Qualifikation könne doch nicht diese mickrige Überlaststelle annehmen, der müsse erst einmal in die Welt hinausgehen und seinen Horizont erweitern. Von einer Professur konnte indes keine Rede sein. Von der Fiebiger-Liste war ich gestrichen worden. Kairo hatte abgesagt. In Graz hatte ich mich beworben, aber von dort kam keine Reaktion. Was konnte Bertau nur meinen? War auch das schlicht eine Beschwichtigung, eine Beschwichtigung seiner selbst, seines schlechten Gewissens, weil man einen Kollegen – in gewissem Sinn – auf die Straße setzte? Alle beruhigten sich mit dem Gedanken: Er hat ja eine Stelle in England. Dass ich mich als ein Nichts fühlte, konnte keiner sehen und verstehen. Aus dem Nichts, das ich von Natur aus war (oder durch die Umstände in der Kindheit geworden war), wurde auf Grund der Situation – besonders durch das Fallen-gelassen-Werden von Seiten Wölfels – ein Nichts hoch zwei. Ein Reflex, ein Mich-tot-Stellen war das; man konnte nichts dagegen tun. Blindes Mich-Festklammern am Haus in Heßdorf. Vielleicht hätte ich doch eine Fiebiger-Stelle bekommen, wenn es dieses »England« nicht gegeben hätte, vielleicht hätten die Katastrophe und die Verbannung vermieden werden können. Don't cry about spilt milk!

Ich musste es akzeptieren, annehmen, wie es war. Ich war im Out. »Unanswered Prayers«.

Noch einmal Falmer Station

Wie sollte ich auf die Schnelle eine Unterkunft in Brighton finden? Ich fragte wieder bei Frau Deason an und konnte bei ihr ein Zimmer haben. Mit dem heliosblauen Opel Vectra, den wir 1984 in der Gießener Zeit gekauft hatten und mit dem ich zwischen Erlangen und dem Lehrstuhl in Gießen gependelt war, fuhr ich nach England, und zwar am 31.12. 1984 oder am 1.1.1985. Welch ein Anfang. Auf der Fähre wurde mir wieder hundsübel (wie bei der Überfahrt von Volos nach Skopelos). Ich saß unter Deck in der Nähe des Bugs und hechelte, um mich nicht übergeben zu müssen. Den Linksverkehr bewältigte ich dann wie im Schlaf, als wäre ich immer schon links gefahren.

Jetzt fuhr ich nicht mehr mit der Bahn und nicht mehr mit dem Bus zur Universität, sondern mit dem Opel (der dem englischen Vauxhall entspricht) bis zum Bahnhof in Falmer, zur Falmer Station, und bog dann nach links Richtung Campus ab.

Ich erhielt ein Dienstzimmer im U-förmigen Ziegelbau, eines der Zimmer, vor denen ich 1965 und 1966 ehrfürchtig als Student gestanden hatte. Nicht ein Professorenzimmer wie dasjenige Lawrence Lerners, sondern eines für Lecturer und Reader. Ich malte sofort ein Schildchen mit »Dr. Dr. phil. habil.«; bald machte mich John Röhl, der zweisprachige Dekan der School of European Studies, darauf aufmerksam, dass das Schildchen, obwohl es die korrekte Titelbezeichnung beinhalte, doch protzig wirkte und nicht üblich sei. Ein eigenes Dienstzimmer, das war aber schon etwas. In ihm wurden die Tutorials und Sprechstunden gehalten, für Seminare standen größere Räume zur Verfügung. Im Senior Common Room nahm man Tee und Kaffee zu sich. Mir war erlaubt worden, meine Vorlesung zu Franz Kafka erst im Summer Term abzuhalten. Da musste aber noch viel gearbeitet werden, ins Englische übersetzt werden. David Chowcat, ein fortgeschrittener Student, half mir bei meinen ungefähr acht Vorlesungsterminen. (Später sollte ich dann diese Vorlesungen – zu den Fragmenten, zu »Das Urteil«, zu »Die Verwandlung«, zu »Ein Landarzt«, zu »Der Proceß« – als Vorträge nützen können – so in Montreal, Edmonton und Vancouver, auf einer eindrucksvollen Tour durch Kanada im Jahr 1986, als es von blauem Eis und Schneematsch in Montreal in die Eiseskälte von Edmonton inmitten von graubrauner Wüste und schließlich ins Frühjahr von Vancouver ging, wo die rosa Blüten der Mandelbäumchen sich vom Blau des Pazifischen Ozeans und vom weißen Schnee auf den Gipfeln abhoben.)

Um nur einige Kollegen und Kolleginnen, mit denen ich näher bekannt wurde, zu nennen: Gillian Rose, jüdische Philosophin und Soziologin, arbeitete über Adorno und Hegel. Ihre Schwester Jacqueline Rose war Literaturwissenschaftlerin (Sexuality in the Field of Vision, The Haunting of Sylvia Plath). Gillian – in England redete man die Kollegen mit dem Vornamen an, das »you« erleichterte vieles – war gut befreundet mit dem Literaturwissenschaftler und Autor Gabriel Josipovici; Gabriel stammte aus einer ägyptisch-jüdischen Familie. George Craig, Ire aus Dublin, Beckett-Spezialist, der die französischen Briefe Becketts übersetzt und mit herausgibt. John Röhl, Historiker, der eine dreibändige Biografie »des Kaisers« (Wilhelm II.) geschrieben hat. Frank Gloversmith, marxistischer Anglist (Theory of Reading). Wer noch alles? Diese geistige und kosmopolitische Atmosphäre – samt den antiautoritären Studenten, wie ich sie schon aus dem Jahr 1966 kannte – war mir, man kann es nicht anders sagen, eine Freude. Kein Vergleich mit den m. E. kleinkarierten, spießbürgerlichen, xenophoben, nationalistischen Universitäten, an denen ich mich zuvor – vergeblich – beworben hatte. Und das alles inmitten der Downs, im Amphitheater des Campus, nahe dem Meer und der bunten Stadt Brighton.

Ich flog – mein fürstliches Gehalt machte das möglich – alle vierzehn Tage nach Nürnberg, um auf dem schnellsten Wege nach Heßdorf zu kommen, zu Uschi, Holger und Hannah. Einmal hatte ich keinen Pass dabei, aber in Heathrow (oder Gatwick) ließ man mich passieren; in Nürnberg schlich ich mich über die Gepäckausgabe aus dem Terminal.

Ich fand Zeit und Energie, Becketts englischen Verleger John Calder zweimal zu besuchen. Wir hatten lange Gespräche, die ich mit Tonband aufzeichnete. Ich transkribierte sie dann und veröffentlichte die deutsche Übersetzung in »theater heute« (Teile davon in der österreichischen Zeitung »Die Presse«), das englische Original in »AAA, Arbeiten aus Anglistik und Amerikanistik« (wo dann auch andere Beckett-Artikel von mir erschienen). Wir hatten uns über »Gottes Misthaufen«, die Welt, unterhalten, über das Vor- und Zurückspulen von Ton- und Video-Bändern, über Mülltonnen in Paris und Köpfe von Köchen auf Werbeplakaten, die Beckett zu den Urnen in »Play« und zu »Endspiel« angeregt haben mussten, über Becketts Widerwillen gegen vornehme Lokale wie die »Closerie des Lilas« (wo einst Apollinaire und Manet und die Surrealisten gesessen hatten), über sein Versteck in Tunesien, als er den Nobelpreis erhielt, über sein bis dahin letztes Werk »Stirrings

Still«, über die Fiktionen in Deirdre Bairs Beckett-Biografie[2], darüber, dass Beckett jetzt wie eine Figur Giacomettis aussehe und schon einmal auf dem Boulevard St. Jacques zusammengebrochen war …

Calder machte mich auf eine Tonbandaufnahme der Stimme Becketts aufmerksam. Martin Esslin führte das Band dann auf der Beckett-Tagung in Berlin im Jahr 2000 vor. Marek Kedzierski, der polnische Übersetzer Becketts, der auch Beckett-Stücke inszenierte und noch inszeniert, hatte mir schon vor der Präsentation eine Kopie des Bandes – von dem nur wenige Menschen in der ganzen Welt wussten – zur Verfügung gestellt, die Lesung des Prosa-Stücks »Lessness«. Nach jedem Satz (der keine Kommata, aber kleinere – unbezeichnete – Pausen hat) klopfte Beckett zweimal sanft auf den Tisch, nach jedem Absatz viermal. Seine Stimme war »ash grey«:

Ruins true refuge long last towards which so many false time out of mind. All sides endlessness earth sky as one no sound no stir. Grey face two pale blue little body heart beating only upright. Blacked out fallen open four walls over backwards true refuge issueless.

Scattered ruins same grey as the sand ash grey true refuge. Four square all light sheer white blank planes all gone from mind. Never was but grey air timeless no sound figment the passing hour.

He will curse God again as in the blessed days face to the

2 Als ich das Angebot bekam, Deirde Bairs Buch zu übersetzen, fragte ich Beckett nach seiner Meinung. Resultat: »I do not advise you to translate the Bair fantasy. You might perhaps review it, pointing out its manifold deviations from truth«.

open sky in the passing deluge. Little body grey face features slit and little holes two pale blue. Blank planes sheer white calm eye light [...] [undeutliche Stelle] all gone from mind.

Figment light never was but grey air timeless no sound. Blank planes touch close sheer white all gone from mind. Little body ash grey locked rigid heart beating face to endlessness. On him will rain again as in the blessed days of blue the passing cloud. Four square true refuge long last four walls over backwards no sound.

Grey sky no cloud no sound no stir earth ash grey sand. Little body same grey as the earth sky ruins only upright. Ash grey all sides earth sky as one all side endlessness.

He will stir in the sand there will be stir in the sky the air the sand. Never but in dream the happy dream only one time to serve. Little body little block heart beating ash grey only upright. Earth sky as one all sides endlessness little body only upright. In the sand no hold one step more in the endlessness he will make it. No sound not a breath same grey all sides earth sky body ruins.

Der Anfang – von »Losigkeit« – lautet im Deutschen:

Trümmer wahre Zuflucht endlich zu der seit jeher durch so viel falsche. Weiten endlos Erde Himmel ineinander alles lautlos regungslos. Graues Gesicht zwei blassblau kleiner Körper Herz schlägt einsam aufrecht. Erloschen aufgesprungen vier Wände auseinander wahre Zuflucht ausweglos.

Um die Skandierung kurz anzudeuten, seien die kurzen

Pausen durch einen Schrägstrich (/), die Satz-Pausen (zweimaliges Klopfen) durch zwei Schrägstriche und die Absatzpausen (viermaliges Klopfen) durch vier Schrägstriche markiert.

Ruins/ true refuge/ long last/ towards which/ so many false/ time out of mind.// All sides endlessness/ earth sky as one/ no sound/ no stir. Grey face/ two pale blue/ little body/ heart beating/ only upright.// Blacked out/ fallen open/ four walls/ over backwards/ true refuge/ issueless.////

Scattered ruins/ same grey as the sand/ ash grey/ true refuge.// Four square/ all light/ sheer white/ blank planes/ all gone from mind.// Never was/ but grey air/ timeless/ no sound/ figment the passing hour [...]

Kaum hatte ich mich in der Universität zurechtgefunden und mit Röhl über mögliche Cottages gesprochen, da erhielt in den Ruf nach Graz. Ich war nach meinem Bewerbungsvortrag über Kafkas »Amerika« (das Kafka eigentlich mit »Der Verschollene« betitelt hatte) nur an die zweite Stelle der Berufungsliste (pari passu mit Schmidt-Dengler) gelangt. Aber der Erstplatzierte, Victor Žmegać, hatte abgesagt. Jetzt gab es endlose Telefongespräche mit Wien; dann wurde ich zu Verhandlungen nach Graz und ins Wiener Ministerium bestellt. Meinen fürstlichen Gehalt in England erkannte man nicht an und ich wurde schlecht eingestuft. (Ich fing dann mit 13.000 Schilling im Monat an.) In Graz empfingen mich die Habilitierten Kurt Bartsch und Gerhard Melzer, die Assistenten bei meinem Vorgänger Helmut Himmel gewesen waren und die jetzt mir zugeordnet wurden. Es gab Gespräche mit den Professoren Dietmar Goltschnigg (der meine Habilitationsschrift über Kafka gelesen hatte) und Uwe Baur sowie mit dem Institutsvorstand und Leiter der Berufungskommission Anton Schwob, dem Mediävisten (der unentwegt an der rechten Seite seiner Unterlippe kaute) – und mit einer Gruppe von Assistenten. Bei meinem Bewerbungsvortrag war Graz von Schnee überzuckert gewesen, die altmodische hübsche Straßenbahn war durch die Stadt gezuckelt. Der Marmorboden des Hauptgebäudes der Universität hatte mich entzückt. Jetzt aber begann schon – abrupt – der Universitätsalltag. Mir wurde gewissermaßen gierig eingetrichtert, dass ich in Wien eine weitere Assistentenstelle, eine Sekretärinnenstelle und einen Computer ausverhandeln müsse. Das gelang mir übrigens alles. (Nur begann später das Hickhack um die Berufungszusagen, da – anders als in Deutschland – die Zusagen vom jeweiligen Institutsvorstand entsprechend der angeblichen Bedürfnisse des Instituts verteilt werden konnten.) Selbst den Computer – mit 20 Megabyte – machte man mir streitig; es war einer der ersten in der Universität. Von E-Mail war noch keine Rede (anders als in England und in Kanada, wo alle Termine durch Mails angekündigt wurden). Ich musste noch über das Betriebsprogramm DOS Befehle – wie den Befehl, eine Datei zu kopieren – eingeben (c:/büchner copy a:/büchner). Uwe Baur hatte mir schon in einem Brief nach England mitgeteilt, dass sein Kollege Dietmar Goltschnigg, mit dem er verfeindet war, mir eine halbe Assistentenstelle verheimlichen, unterschlagen und mich so enteignen wolle. Damit begann der Krieg. Zu allem Überfluss saßen Assistenten in meinem künftigen Dienstzimmer und wollten nicht weichen.

Von Brighton aus verhandelte ich das ganze erste halbe

Jahr 1985 im Geheimen. Bevor die Sache sicher sein würde, wollte ich in Sussex nichts vom Stand der Dinge verlauten lassen. Aber mein Gewissen drückte mich; ich hatte Röhl versprochen, fünf Jahre zu bleiben. Wir hatten, wie gesagt, schon nach einem Cottage Ausschau gehalten. Ich hatte überaus freundliche und intelligente und international renommierte Kollegen und Kolleginnen mit weitem Horizont lieb gewonnen. John Röhl, Gillian Rose, Gabriel Josipovici, George Craig, Frank Gloversmith waren rührend um mich bemüht gewesen. Die Studenten (noch immer mit Löchern in den Pullovern) hatten eifrig kooperiert. Aber schließlich und endlich musste ich doch beichten und erklärte Röhl, dass ich – vor allem im Namen der Ehefrau und der Kinder – die Professur auf Lebenszeit der auf fünf Jahre befristeten Langzeitdozentur den Vorrang geben müsse. Röhl hatte letztlich Verständnis, wenngleich ihm das schwergefallen sein muss.

Uschi hatte es in dieser Zeit (meines Englandaufenthalts) nicht leicht; von den jungen Lehrkräften verlangte man das Allermeiste, gerade in einer Zeit, in der noch alles sehr schwierig ist für die Anfänger. Sie bereitete ihren Unterricht – oft weinend, auch weil sie von einer Klasse besonders gepiesackt wurde – bis spät in die Nacht vor. Holger wollte nicht mehr in die Schule gehen, Hannah beanspruchte die Mutter. Da half nur eines: Uschis Mutter musste mithelfen. Uschis Vater, Hans Schmeller, war – wie meine Mutter – im Jahr 1979 gestorben. Er wurde in seinen letzten Monaten von einem schrecklichen Halskrebs gequält und spuckte Blut. Uschi hatte, obwohl sie alle ihre Kräfte verausgaben musste, doch einen Halt gefunden, eine feste Stelle. Dennoch stimmte sie schweren Herzens zu, mit mir nach Österreich auszuwandern – und damit auf ihre feste Stelle zu verzichten. Wir hätten von ihrem Gehalt leben können.

Ich litt damals unter der Tatsache, dass ich immer wieder – nach dem Wochenende in Heßdorf – nach England zurückfliegen musste. Dennoch hatte Uschi eine Affäre mit einem Lehrer vom Emmy-Noether-Gymnasium. Ich selbst war nicht ganz unschuldig: Während eines Theaterbesuches in Brighton berührte ich das Knie meiner Sitznachbarin – und wir gingen nach der Vorstellung in ihre Wohnung. Aber sie ließ es nicht zu dem kommen, worauf ich eigentlich aus war. Das konnte ich nicht begreifen.

Uschis hellgrüner R4 tat ihr im Winter, einem der strengsten dieser Dekade, gute Dienste, ließ sich starten, rutschte wegen seines Frontantriebs nicht auf den glatten Straßen, blieb auf den Steigungen – wo Mercedes-Fabrikate hängen blieben – nicht stecken. Mit unseren Ex-Freunden – Helmut und Margot Pfotenhauer, Ulrich Wyss und Elisabeth Schmidt – gab es, wie zu erwarten gewesen war, keinen Kontakt mehr. Das war das größte Übel an der hereingebrochenen Katastrophe. Ich war ein Outcast. Und: Es herrschte Sippenhaft.

Werner Lichtenberg hatte sich im Frühjahr 1984 in seinem Bauernhaus am Forggensee das Leben genommen. (Er wurde so alt wie Kafka, er lebte vom 13.10.1943 bis zum 27.3.1984.) Er hatte nach der Kunstakademie als freischaffender Maler in München begonnen, verkaufte wenig und musste Taxi fahren. Von seiner Frau Heidi Lichtenberg (die sich dann – als Keramik-Künstlerin – Lilith nannte) war er schon lange getrennt. Mit seiner Lebensgefährtin Petra Drummer hatte er einen Sohn in Holgers Alter: Jiři. Wir hatten zusammen einen Urlaub in Podobuče auf Pelješac in Kroatien erlebt, als der Sohn Jiři erst ein Jahr alt war; Werner hatte unter den Feigenbäumen im Schatten gemalt, collagenartige Übermalungen hergestellt. Jetzt war er mit Eva zusammen – die ihn betrog. Er hatte Tabletten genommen und bis zum Verlust seines Bewusstseins in ein Tagebuch geschrieben. Ich war gerade in Heßdorf, für das Wochenende, als ich die Nachricht vom bevorstehenden Begräbnis am Südfriedhof in München erhielt. Ich raste nach München, kam 10 Minuten zu spät, aber hörte noch die Abschiedsworte eines Freundes und Kunsttheoretikers und sah, wie der Sarg in die Erde gesenkt wurde. Das ganze Leben ist doch eine große Allegorie des Nichts. Wage ich das noch zu denken? Dann war ich noch kurz mit in Evas und Werners Wohnung und musste schließlich zurückrasen.

Es war mir in all der Hetzerei gelungen, einen Gedichtband zu veröffentlichen. In einem namenlosen Verlag. Zu mehr würde ich es wohl nie bringen – »wären wir doch gleich noch in jener nacht ausgewandert – gedichte«. Natürlich ein Kafka-Zitat. Aus »Das Schloß«. Noch immer gab es Reminiszenzen an meine »Todes-Phase« im Jahr 1966. Kein Wunder, dass Beckett, in dessen Werken der Tod an jeder Ecke lauert und der die »Divina Commedia« mehr oder weniger auswendig konnte, wieder Gefallen an den Gedichten finden sollte.

beatrice

auf dem steif-gestärkten leintuch
liege ich
die zunge in ihrem mund
die hand in ihrem haar
wann wirst du,
frage ich sie,
aus dem kamin des krematoriums
hinausziehen

als rauch?
es ist spätnachmittag,
orange rollt die sonne
am türkisen horizont

Woher die Todesfantasie? Der Vater war tot. Die Mutter war tot. Wahrscheinlich hatte sich wieder ein Tod im Unbewussten bemerkbar gemacht: der Tod des Freundes Werner. (Oswin Witteck war schon einige Jahre zuvor vom Balkon in der Morawitzkystraße 3 gesprungen. Helmut lebte noch – als Einziger von den drei besten Freunden. Aber seine Frau Brigitte würde sich dann im Dezember 1990 in der Wohnung am Mariannenplatz 2 erhängen. Welch erschütternde Serie!)

Aber auch der Tod Erlangens muss seine Spur im Unbewussten zurückgelassen haben.

Der Umzug nach Graz sollte Ende August stattfinden, denn im September musste ich meine Stelle als Ordentlicher Professor für »Österreichische Literatur und Allgemeine Literaturwissenschaft« antreten (Kafka galt als Österreicher). Ich handelte meist der Lehrstuhlbezeichnung zuwider und widmete mich vor allem der deutschen, aber zuweilen auch der angloamerikanischen und französischen Literatur (Lessing, Lenz, Schiller, Kleist, Büchner, Kafka, Brecht, Horvath, Ibsen, Adorno, Sartre, Lacan, Derrida, Barthes, Iser, Maeterlinck, Beckett, Saroyan, Capotë, Arno Schmidt, Günter Grass, Martin Walser, Uwe Johnson, Wolfgang Koeppen u. a. waren meine Unterrichtsthemen). Um eine Wohnung zu finden, verbrachte ich dann eine Woche in Graz, fieberhaft suchend. An einem der ersten

Tage begrüßte mich ein Österreicher, der meine Autonummer sah, mit »Heil Hitler«. Schließlich fand ich ein hübsches altes Haus mit Obstgarten in der Millöckergasse 30 zur Miete. Ich hatte die Annonce in der »Kleinen Zeitung« gelesen. Dennoch kassierte ein halbkrimineller Makler, der sich zwischen die Vermieterin und die Interessenten drängte und gar keinen Auftrag hatte, 14.000 Schilling. In einer ungefähr vierstündigen Verhandlung hatte ich den geforderten Betrag von 14.000 auf 10.000 reduzieren können.

Als wir dann im August eintrafen, fand ich im Postkasten bereits einen Briefumschlag mit einer Karte – von Samuel Beckett. Auf ihr steht:

> »Thank you for your sad poems. I have read them
> with pleasure.«

Nachwort

Die Trilogie – »Und keine Wiederkehr«, »Gelbes Gelächter«, »Nanu« – sollte, so mein vermessener Wunsch, im Ganzen gelesen werden, damit der Leser sagen kann: »Nanu – wie ist aus diesem schmächtigen, kränklichen Heimatvertriebenen aus der Tschechoslowakei ein Mann (hahaha) geworden? Was hat sich aus diesen Traumata und diesen guten Keimen entwickelt? »Gelbes Gelächter« und »Nanu« bekommen ihren Sinn erst als Ergebnisse des Erlebens des Kindes, wie es in »Und keine Wiederkehr« geschildert wird. Dann erst wird der Leser Zusammenhänge verstehen und Erklärungen und Antworten finden für diesen Zickzack zwischen Elementen des Bildungsromans und Elementen des Missbildungsromans, für diesen Zickzack zwischen Frauen und Büchern.

Ich wollte Millionen von Augenblicken schildern, geworden sind es aber nur einige wenige. Wieder nur ein Leben in groben Zügen. Trotzdem. In diesem Augenblick, heute, kommt es mir vor, als hätte ich Milliarden Augenblicke erlebt. Um nur einen einzigen herauszugreifen: das Krächzen von drei Krähen über den letzten Schneeflecken im Frühjahr. Im Rückblick sind das Glücksaugenblicke. Die Unglücksaugenblicke vergisst man. Das ganze Leben ist im Rückblick eine ziemlich lange Strecke solcher Augenblicke. Das Erleben selbst geschah unbewusst, das Erinnern geschieht bewusst. Verklärt? Nein, eingefärbt mit der schönen Farbe des Vergangenseins. Nun, Nicht-Glück gab's auch, Unglück ebenfalls (vor allem Todesfälle).

Zu den Glücksaugenblicken gehören auch jene zahllosen Momente beim Lesen von Gedichten, Erzählungen, Romanen und Dramen, zu denen mich der Lebenslauf geführt hat. Stefan Zweig schreibt: »Und ich verstand, daß die Gabe oder die Gnade, weiträumig zu denken und in vielen Verbindungen, daß diese herrliche und einzig richtige Art, gleichsam von vielen Flächen her die Welt anzuschauen, nur dem zuteil wird, der über seine eigene Erfahrung hinaus die in den Büchern aufbewahrte aus vielen Ländern, Menschen und Zeiten einmal in sich aufgenommen hat, und war erschüttert, wie eng jeder die Welt empfinden muß, der sich dem Buch versagt.« Zweig behauptet, dass unsere geistige Welt aus »Millionen Monaden einzelner Eindrücke besteht«. Ohne Bücher bleibt die Welt uns verschlossen.

Es genügt ein völlig alltäglicher Augenblick: mit dem Fahrrad unter einem weißen Vollmond, im Sommer. Es muss kein Erdbeben sein. Es muss keine Sonnenfinsternis sein. Obwohl: Dieses flackernde weiße bleiche Licht auf den Wiesen, wenn sich die Sonne verfinstert, ist auch nicht ohne. Wir wollen nicht dem »sanften Gesetz« verfallen. Nochmals Karl Philipp Moritz: Im »Fortgange des Lebens« könne wichtig werden, was »anfänglich klein und unbedeutend erschien«. Man muss sich an der »anscheinenden Geringfügigkeit mancher Umstände […] nicht stoßen«. Moritz' Ziel war eine »wahre und getreue Darstellung eines Menschenlebens bis auf seine kleinsten Nüancen«; das menschliche Leben bestehe eben aus einer »unendlichen Menge von Kleinigkeiten«.

Aber ist es nicht doch eine Zumutung, einem Leser so viele Seiten zu unterbreiten, nur damit er alle diese Winzigkeiten nachvollziehen möge, die ihm der Narzissmus ihres Autors aufbürdet? Wieder schaue ich auf die Weltbevölkerungsuhr, heute, jetzt, in dieser Sekunde: 7.205.731.791 Menschen. Und da will man gelesen werden? Aber selbst der illusionsloseste aller Autoren möchte dies: gelesen werden. Keine Entschuldigung ist das. Aber wer bringt schon etwas wie »Fin de Partie« oder »Molloy« zustande?

Ezra Pounds Cantos – dessen zweites zu Beginn des vorliegenden Buches zitiert wird – bestehen zum Teil aus aneinandergefügten »images« bzw. haiku-artigen Gebilden, aus Tausenden von Augenblicken; die Cantos selbst sind miteinander vernetzt und beginnen zuweilen mit einem »UND« – beispielsweise Canto VXXVI und VXXVII. Das zitierte Eingangs-Motto beginnt und endet sogar mit einem »Und«. Dieser additive Charakter liegt auch den drei Bänden zugrunde (obgleich die Chronologie doch weitgehend eingehalten wurde). Zwar ergibt sich in den drei Bänden auch eine Geschichte, aber die additive Struktur macht auch deutlich, dass es ein Auf und Ab gibt, dass sich nicht wirklich klare Entwicklungslinien abzeichnen, dass sich die Geschehnisse eigentlich weder zu einem positiven Ende noch zu einem negativen fügen – zu keinem Mythos also; vielmehr wechseln die Perspektiven und formen so einen Zickzack – wie es ein Romantheoretiker einmal beschrieben hat; er meinte, dass sich die mythische Form aufhört, wenn ein wirkliches Leben, ein einzelnes Leben, realistisch dargestellt werde.

»Nanu« handelt von einem Kleinbürgerleben. Es grenzt an Wahrheit, wenn ich hier behaupte, auch die Leben Leopold Blooms im »Ulysses« oder Josef K.s im »Proceß« sowie jenes von Henry Miller in seinen autobiografischen Werken seien Leben von Kleinbürgern gewesen. Helmut Halms Worte aus Martin Walsers »Ein fliehendes Pferd« seien hier nochmals zitiert: »Wenn ich irgendetwas bin, dann ein Kleinbürger.«

»Und wer bin ich?«, fragt der Sohn in »… sagte mein Vater« von William Saroyan den Vater, und dieser antwortet: »Schreib einen Roman, und du wirst es herausfinden.« Habe ich es nun herausgefunden, nachdem ich die Trilogie geschrieben habe? Wer bin ich? Bin ich der, der hier beschrieben wurde? Bin ich n o c h der, der hier sein Spiegelbild errichten wollte? Bin ich überhaupt noch? Bin ich nicht nur mehr der Schreibende? Der Nachlebende. Der nicht mehr lebt, weil das Schreiben das Leben aufsaugt? Und: War ich überhaupt noch, als ich die drei Bücher zu schreiben begonnen habe? Ist da noch Lebenssubstanz – oder wurde sie zugeschüttet im Verlauf der Jahre des Älterwerdens? Wurde sie zerrieben in den Tausenden von Tagen? Und: Ist die Selbsterlebensbeschreibung auch welthaltig? Man wird sehen.

Inhalt

Hans H. Hiebel, geboren 1941 in der ČSSR bzw. dem heutigen Tschechien, war von 1985 bis zu seiner Emeritierung 2009 als O. Prof. für Neuere deutsche Literatur an der Karl-Franzens-Universität Graz tätig. Seine wichtigsten literaturwissenschaftlichen Schriften haben Franz Kafka, die Lyrik des 20. Jahrhunderts, Henrik Ibsen, die Formgeschichte des Dramas, Georg Büchner und Hans Magnus Enzensberger zum Thema. Er veröffentlichte Prosa und Lyrik.